W I N G S ・ N O V E L

続・金星特急
竜血の娘①

嬉野 君
Kimi URESHINO

新書館ウィングス文庫

S H I N S H O K A N

続・金星特急　竜血の娘①

目次

イラストレーション◆高山しのぶ

第一話

◆

珊《さん》瑚《ご》の道を星と行《ゆ》け

この海の向こうにも、また別の海がある。

少年は知識としてそれを知っている。だが、どうしても信じられない。

崖《がけ》から見下ろすオパールみたいな波打ち際は、海が深くなるにつれ淡い緑と青が少しずつ重なっていき、やがて紺碧《こんぺき》となる。海底が落ち込んでいる辺りは紫に近い濃紺《のうこん》だ。

それなのに、波打ち際で海水をすくっても沖で船縁《ふなべり》から汲《く》み上げても、同じく透明だ。青い粒子《りゅうし》が溶けているわけでもなく、ただ澄み切っている。

こんな不思議なことがあるだろうか。

海水は近くで見れば無色透明だが、深さによって色を変え、朝と昼と夜でも変化し、天気が変わればまた別の色になる。空を映しているんだよと言われても、その原理が分からない。

少年には、この謎の「海」が他にも数多くあるというのが信じがたい。

自分はここクセールの港からほとんど出たことはないが、世界中から集まる商売人や旅行者から、たくさんの海の話を聞いた。やはり色は千差万別《せんさばんべつ》だそうだが、手のひらですくった海水が透明なのはここと同じらしい。

遠い水平線を見つめていると、ふいに風が変わった。

毎年、七月によく吹く南西風で、ヒッパロスの風と呼ばれている。港から出る船は、この風のおかげで遙かなるインドやアフリカまで行けるのだ。

風に乗り、かすかなアザーンが聞こえてきた。

寺院《モスク》が礼拝を呼びかける声だ。これからしばらく商売相手はみなお祈りに入り、街は静まりかえる。その間、この崖の上で昼寝をするのが少年の習慣だ。

ここには、いつのものか分からない砦《とりで》の遺跡がある。

壁と基礎しか残っていないが、珊瑚《さんご》を切り出した石積みで造られていたらしい。もっと新しい時代に建てられた鉄骨の建物は全て崩壊してしまったのに、珊瑚の化石がかろうじて存在しているなんて奇妙なことだ。

遺跡の脇に一本だけ生えた棗椰子《なつめやし》の木陰が、昼寝の定位置だ。

いつものように幹にもたれ、潮風で唇がひび割れないよう、ターバンで軽く口元を覆《おお》った。

波音とアザーンが混じり、すぐにとろとろと眠たくなってくる。

だが、何かがふいに少年の意識を引き戻した。

誰かが来る。

そっと目を開けた少年は、二つの人影が遺跡に近づいてくるのを見た。

長身の男が二人。

片方は黒髪に黒い服。

もう片方は赤毛に白い服。

明らかにこの遺跡に向かってくる。

少年は薄目で彼らを観察した。

二人とも三十代ほどだ。黒髪の方は隻眼《せきがん》なのか、右目を布で覆っている。この辺りでは珍しい紙巻き煙草をくわえているようだ。目はこちらを見据えて動かない。

赤毛の方は真昼の太陽が目を刺すようで、手を額にかざしている。目の色も淡いのか、時折、街の方角を振り返りつつ悠然《ゆうぜん》と歩いてくる。

奇妙な二人連れだった。

クセールの港には様々な人種が集まるし、自分も商売柄、色んな人間を見慣れている。

だが、どうにもこの二人の「属性」が不明だ。

彼らの顔立ちから異国を感じはするが、民族を誇示《こじ》する衣装ではないので、出自《しゅつじ》がよく分からない。商売人ではなさそうだし、旅行者とも思えない。その辺りの家から散歩に出てきたかのような軽装で、しかも手ぶらだ。荷物も武器も携《たずさ》えていない。

彼らが真っ直《ます》ぐに近づいてくるので、少年は仕方なく身を起こした。今、起きましたという顔で彼らを見上げる。

赤毛が言った。

「蜜蜂《みつばち》って、君かな？」

「あんた方は？」

警戒して聞き返すと、赤毛は笑顔のまま、軽く両手をあげてみせた。

「昼寝中に邪魔してごめんね。この街で一番の売買仲介人《ばいばいちゅうかいにん》は誰かって尋ねたら、みんなが蜜蜂だって勧めるんで探してた。まさか、こんなに若い子だとは思ってなかったけど」

ああ、客か。

ならば午睡《ごすい》をさえぎられても構わない。金を儲《もう》けさせてくれる相手になら、いくらでも愛想を振りまける。

蜜蜂は口元を覆っていたターバンを外し、軽く整えた。首から提《さ》げていた銀造りの円形計算尺を掲《かか》げ、二人の男に見せる。

「確かに、クセールの街一番の売買仲介人とはこの蜜蜂のこと。水仙の株、珍しい瑪瑙《めのう》、最高級の乳香《にゅうこう》から、踊り子や真珠潜水夫の売買契約まで何でも仲介、保証人もお任せあれ」

いつもの口上《こうじょう》を述べながらも、彼らは水仙にも瑪瑙にも興味は無さそうだ、と蜜蜂は考えた。

毎月、何十もの取り引きを仲介している自分は、人の欲望がよく見える。客が何を欲しているか、どれほど金に汚いか、外見や表情で判断できるのだ。

だが、この奇妙な二人連れからはその「欲」を感じ取れない。

赤毛は興味深そうに計算尺を見ているが、うっすら浮かべる微笑みの甘さに、どこか得体の知れなさがある。

黒髪の方はといえば、さっきから一言も発しない。ぶしつけに蜜蜂の顔を観察する左目は刃《やいば》のように鋭く、こちらが言葉選びを少しでも間違えば、視線で射られてしまいそうだ。

それでも、相手は客だ。

蜜蜂は木陰に入るよう彼らにうながした。この棗椰子は蜜蜂が所有権を買ったもので、木陰も占有《せんゆう》する権利があり、客のもてなしにも使える優《すぐ》れものだ。

乳香を焚《た》いて場を清めてから、携帯炉《けいたいろ》の炭火で珈琲豆《コーヒー》を炒《い》り始めた。正式な歓迎の作法を用いるのは、私にとってあなたたちは重要なお客様ですよ、と示すためだ。豆が香ばしく、つややかに焙煎《ばいせん》されると、小さな鉢《はち》で丁寧に磨《す》りつぶす。

手慣れた様子の蜜蜂の顔を、赤毛がのぞき込んだ。目が合うと、微笑みを浮かべて言う。

「いい匂いだねー。その首から提げてるのは、計算尺?」

「複利《ふくり》計算に使うんすよ。大型船の航海契約は額がえらいことになるから、港街の売買仲介人には必需品で」

「ああ、蜜蜂くんは船の契約も扱うんだ」

「というより、それが主な仕事っすね。船主と船長の契約、船員の募集契約、積み荷の保険、一つの航海ごとに大小様々な契約が必要だけど、それを丸ごと請《う》け負《お》うもんで」

「へえ、凄《すご》いね」

感心したように相づちを打った赤毛だが、灰色の瞳には何の感情も浮かんでいなかった。そして黒髪は相変わらず、蜜蜂の表情、発する言葉、声音、仕草、そんなものをじっと観察しているようだ。

——検分されている。

赤毛は笑顔、黒髪は無表情だが、わずかな会話の間に蜜蜂を見定めようとしている。

経験上、この訳ありそうな二人組はおそらく上客だ。

普通の人間は、大金の絡む契約に臨《のぞ》む時には手持ちの中で最も良い服を着て、威厳のある態度を取ろうとする。相手に舐められないためだ。

だが彼らからは、そうした気負いをまるで感じない。生まれついての金持ちが成金のような虚勢を張らないように、彼らは何らかの力を持っており、それがこの余裕を生んでいるように思える。

赤毛が上体をかがめ、蜜蜂の胸元にさがる円形計算尺へと目を近づけた。刻まれた目盛りを指でなぞりながら言う。

「船の契約を扱うならさ、蜜蜂くんは犬蛇《けんじゃ》の小舟にも詳しい？」

——犬蛇の小舟。

その言葉を聞いたとたん、蜜蜂は思わず身を引いた。計算尺を守るよう握りしめ、眉根を寄せて赤毛をにらむ。

「犬蛇の小舟？　何言ってんだよ、あんた」

つい言葉が乱暴になってしまったが、赤毛はまるで気にしていない様子で、微笑みを崩さない。

「蜜蜂はどんな契約も扱うって評判だったよ、街では。だから俺たち、わざわざ君を探してたんだけど」

「馬鹿か！　犬蛇の小舟が何だか知ってんのか、あんたたちは」

さからうもの、それは犬。

さかしきもの、それは蛇。

それらがさらに女であれば、どれほどの罪人《とがびと》であろうか。

「女の罪人を島送りにする乗り物なんだよ、犬蛇の小舟は。航海でも何でもない、ただ死地《しち》に赴《おもむ》くだけの一方通行だ」

立ち上がった蜜蜂は、入り江の奥、七つの岩礁《がんしょう》が折り重なった小さな岬を指さした。

「あの尖った岬が見えるか？　あそこの桟橋《さんばし》は全て、黒く塗られた獣の骨で造られてる。その隣の掘っ立て小屋は、死病の男たちが船頭としての出番を待ってる。犬蛇の小舟を送るためだけの命だ」

蜜蜂は二人の男を振り返った。とがめる眼差しを向ける。

「どうせ女人《にょにん》だらけの天国みたいな島だとか何だとか、馬鹿げた噂を聞いたんだろ。でも、犬蛇の小舟に関わるのは止《や》めた方がいいって」

真剣に忠告したのに、うっすら張り付いたようだった赤毛の微笑みが、へらりと崩れた。初めて見せる素の表情で、面白そうに笑う。

「女だらけの島ってさ、どれだけ脅《おど》されても興味わくに決まっててんじゃん」

すると、それまで一言も発していなかった黒髪の隻眼もボソッと言った。

「一度乗り込んだら生きて戻れない死の乗り物ってやつに、乗ったことがある。俺は生きて帰ってきた」

蜜蜂は戸惑った。

二人は本気のようだ。真剣に、あの呪われた島に行こうとしている。

正直、犬蛇の小舟に渡りをつけられないでもない。

あれは法学院の管轄になっているが、蜜蜂はお偉いさんにコネがある。自分は気に入られているし、賄賂《わいろ》さえはずめば、死にたい男を二人、犬蛇の小舟に乗せるのも可能だろう。

こいつらが出す金額次第だな、と蜜蜂が無意識に円形計算尺をいじっていると、赤毛が言った。

「その犬蛇の小舟の着く島にね、不思議な女の子がいるって聞いたことはある?」

蜜蜂はぴたりと手を止めた。

赤毛の瞳が真っ直ぐにこちらをのぞき込んでくる。

「十五歳ぐらいのはずなんだけどさ」

「……さあ。あの島に行って帰ってきた人間はいねえから、そんな噂は知らねっすね」

「そう？　蜜蜂は世事《せじ》に通じてるって評判だったから、知ってるかなーって期待してたけど」

瞬《まばた》きもせずに見つめられ、蜜蜂は小さく息を飲んだ。

不思議な娘。

きっと、あのことだ。

珈琲と乳香と潮風が混じる匂いの中、蜜蜂は赤毛と隻眼をそっと見比べ、意識的に平静を保って答えた。

「――知らねえよ」


この青い海の向こうに何があるのか、桜《さくら》は知らなかった。犬蛇の島を囲う高い壁の上に立ち、じっと水平線を見つめる。

たまに浮かび上がる蜃気楼《しんきろう》が、桜の何よりの楽しみだ。見知らぬ「街」というものの姿を少しだけ映してくれる。

遙かな海の、そのまた遙か遠くには、他の島があり、国があり、街があり、たくさんの人間がいるのだそうだ。

聞くところによると、そのたくさんの人間の半分は「男」という種類らしい。

だが桜は、男を見たことがなかった。

八歳の頃にこの島に連れてこられたが、自分にはそれ以前の記憶が無い。

自分が誰なのか、なぜここにいるのか、それも知らない。周りは島送りにされた罪人の女ばかりだ。

ならば、自分もおそらくは罪人なのだろう。

だが、罪とはどういうことなのか、罰とは何なのか、それも桜にはよく分からない。

島の女たちは、色んな土地から来たらしい。盗んだ者、殺した者、罪状はさまざまでも、その多くは「男に逆らった」のが原因だと聞いた。それはとても重い罪だそうだが、桜は男がどんな生き物なのか知らないので、結局、彼女たちの罪も理解はできない。

ただ、力をもって男に逆らった者は犬、言葉をもって男に逆らった者は蛇と呼ばれている。

島民は犬が七割、蛇が三割ほどだ。

彼女たちは、この島に一番近いクセールの港から送られてくる。

そこには奴隷市《どれいいち》があり、女たちは最後に「奴隷として売られていくか、生きては帰れぬ犬蛇の島に流されるか選べ」と迫られる。最後まで抵抗し、奴隷になるのを拒《こば》んだ女だけがこの島に送られるのだ。

だが桜は、そんな選択をした記憶も無い。

(私は、犬と蛇のどちらなんだろう)

桜は犬を見たことがないが、四つ足でウサギより大きく、牙《きば》が鋭い生き物だそうだ。とても役に立つと褒《ほ》める女もいれば、吠《ほ》えるから怖いと言う女もいる。

蛇は島にもたくさんいるから知っている。毒を持つ種類もいるが、焼いて食べる分には問題ない。太ったカンムリ蛇の皮を剝《は》ぎ、亜麻油《あまあぶら》で揚げて砕いた塩をまぶせば、何よりのご馳走《ちそう》になる。

壁の上で海を見つめる桜の髪を、潮風がびょうびょうとなぶった。

海は、日が昇るにつれ刻々と色を変える。まぶしさで目が痛くなる前に、仕事を終えなければ。

桜は壁の上をゆっくりと歩き出した。

海風にあおられ少しでもバランスを崩せば、あっという間に壁から転落してしまう。海に落ちればまだましだが、切り立った岩礁に叩きつけられれば即死だろう。

だが幼い頃からこの壁に登っていた桜は、一度も落下したことがなかった。常に弓矢を背負っているが、風に煽《あお》られることもない。

島で最年少の自分は体も軽いし、身体能力にも優れている。日干しレンガに負荷をかけずに壁を歩ける唯一の島民なので、壁の補修を一手に引き受けている。

レンガが欠けていれば、珊瑚の灰が練り込まれた粘土《ねんど》を塗り、コテで整える。塩の結晶が吹いているところはなるべく削《けず》る。

だが何より大事な仕事は、ヴィースの種を植えて回ることだ。

一年を通じて白い花を咲かせるヴィースの蜜《みつ》は、食料にとぼしい犬蛇の島で貴重な甘味《かんみ》だ。島に生息する蜜蜂の巣を狙うことも出来るが、かなりの危険をともなう。それよりも地道に花を集めて蜜を漉《こ》し、飴《あめ》にしてしまえば、島では肉や真水と交換できるほどの貴重品となる。

また、ヴィースは頑丈《がんじょう》な蔓《つる》をレンガに這《は》わせる。レンガに食い込むほどの侵食能力はないが、表面を覆って壁を補強してくれる。実にありがたい植物なのだ。

桜は壁の上を歩きながら、壁の補修をして回った。毎日決まった距離だけ進み、七日で島を一周する。この壁がなければ島の瘦《や》せた土はあっという間に吹き飛ばされ、ささいな作物さえ作れなくなってしまう。

島の女たちは、動物を狩る組、魚を採《と》る組、真水を汲む組、布を織る組などに細分化されており、桜は壁を守る組に属している。日干しレンガをせっせと作り、珊瑚を焼いては粘土をこね、こうして補修して回る。働かなければ水も食料も分配してはもらえない。

桜がヴィースの種を壁に植えていると、懐《ふところ》から小さな生き物が顔を出した。

「アルちゃん」

緑色の蜥蜴《とかげ》だ。

とても綺麗な鱗《うろこ》を持ち、目は石榴《ざくろ》の実より澄んでいる。桜の大事な友達で、島に来た時からずっと一緒にいる。昔の記憶は無かったが、なぜかこの蜥蜴がアルちゃんという名前だということだけは知っていた。

「また、アルちゃんの『兆《きざ》し』かな。何か来た？」

この爬虫類《はちゅうるい》は不思議なことに、近くに鳥や小動物が現れると知らせてくれる。桜は指の腹で彼の背をそっと撫で、再び海へと目を向けた。

いる。

白い頭、鋭いかぎ爪、優雅な流線型の羽根。ミサゴだ。

悠々と飛ぶ鳥から目を離さないまま、桜は背中に手をやった。矢筒《やづつ》から、矢を一本抜いた「つもり」になり、空手《からて》で弓の構えをとる。

雲一つ無い真っ青な空と、真昼の太陽で輝く海の狭間《はざま》で、ミサゴは黒い影となり、ゆっくりと旋回《せんかい》している。

桜は静かに息を吐いた。凪と波の音が消え、ただ自分の心音とミサゴの呼吸だけが聞こえる。

想像の矢を弓弦《ゆづる》につがえた。

放たれた矢は空を切り裂き、ミサゴの胴を貫《つらぬ》いた。

――はずだ。

素知らぬ顔で飛び続けるミサゴを見つめ、桜は満足して軽くうなずいた。

この凧と距離でも、自分は鳥を射貫《いぬ》く自信がある。

だが、あの場で命中させても獲物は海に落下してしまう。回収できない生き物は殺さないのが島の鉄則だ。

それでもこうしてアルちゃんから「兆し」をもらえば、左右どちらかの構えで弓弦を弾《はじ》き、獲物を狙う。右手でも左手でも弓を引けるようにするのも修行のうちだからだ。

「桜」

ふいに、壁の下から声をかけられた。

仲良しのマリア婆ちゃんが、陽光に目を細めてこちらを見上げている。

「今日は変な凧が吹いている。空模様がおかしいから、もう壁から降りな」

「まだ大丈夫だよ、今日の分まであと少しだから」

「いやいや降りた方がいい、潮風の匂いが妙だ」

島で最年長のマリア婆ちゃんに忠告されると、桜は言うことを聞かざるを得ない。薬草に通じた彼女は島で尊敬されているのもあるが、単純に、桜が彼女を大好きだからだ。

マリア婆ちゃんは、桜という名前をいつも褒めてくれる。

どんな花なのか尋ねると、夢みたいに綺麗な花だよ、桃色の雲みたいに空を覆うんだ、とも教えてくれた。見たことのないその花を想像し、桜は蜃気楼に浮かぶ街にも咲いているだろうか、と考えた。

桜が壁から飛び降りると、マリア婆ちゃんはさっそく桜の着物の袖《そで》に手をやった。首を振り、溜息をつきながら粘土の汚れをこすり取る。

「何度注意しても、あんたは着物を汚すねえ。絹の服なんて、この島で唯一のものなのに」

桜が着ているのは、絹というもので出来た「キモノ」だそうだ。とても貴重だとマリア婆ちゃんは言うが、桜にはその価値がよく分からない。

だが赤い地布に蝶々《ちょうちょう》が舞っている柄は気に入っている。島の生き物で美しいのは、白い海鳥、透き通った羽根の蜻蛉《とんぼ》、そして鮮《あざ》やかな蝶だ。

幼い頃はこの着物も大きすぎて、ただ布団がわりにしていただけだが、十五に成長した今は体に合うようになった。

こうした着物には、布地の帯をするのが普通らしい。だが島では布が貴重なので、桜は島民が持ち込んだ革のベルトで留めている。足下も動きやすい革のブーツなので、ちょうどいい。

桜は髪にも革製の髪留めをしているが、なぜかこれにアルちゃんが登りたがる。

左耳の上あたりが収まりがよいらしく、よく髪留めにしがみついているので、マリア婆ちゃんが革を重ねてアルちゃんの台を作ってくれた。桜の髪に緑の蜥蜴が留まっているのは大変美しいと、彼女はご満悦《まんえつ》だ。

「お前の髪は不思議な色だよ。綺麗に撫でつけてまとめていれば黒髪にも見えるのに、陽を浴びて風に吹かれれば燃え上がる炎のよう、黄昏時《たそがれどき》には甘い蜜のよう」

マリア婆ちゃんは桜の名前だけでなく、髪もよく褒める。光の加減で色を変える瞳はたまにあるが、髪はとても珍しいそうだ。

「その髪に緑の蜥蜴が留まっている様は、どんな宝石の髪飾りより素敵だよ」

だが桜は、宝石というものも見たことがなかった。

とても価値があるらしいが、水の浄化や火熾《ひおこ》しに使えるわけでもないのだそうだ。ならばこの島では、その辺の石ころや炭より役に立たない。

マリア婆ちゃんは桜の襟元《えりもと》を整えた。

「さ、芋《いも》をふかして、干し魚と飯にしよう。午後は弓の訓練と、矢尻《やじり》づくりだよ」

「うん。芋に蜜をかけてもいい？」

「我慢した方がいい。蜜は大事に溜めないと、刃物と交換できないよ」

刃物はこの島でとても貴重だ。島に送られてくる女が隠し持っているものしかないし、潮風ですぐに錆《さ》びるので、誰もが欲しがっている。

今日の昼飯に少し贅沢《ぜいたく》することと、貴重な刃物。

桜は悩んだあげく、がくりと肩を落とした。

「……やっぱり、蜜はやめておく。矢尻を作るのに、刃物は必要だよね」

「そうそう、倹約は大事だよ。その代わり今日は、黄金の髪の王女と騎士の話の続きを聞かせてあげよう」

「素敵！　騎士は竜を退治《たいじ》できたのに、王女様と結婚できないのかなって気になってたの」

マリア婆ちゃんは、たくさんのお話を知っている。吟遊詩人《ぎんゆうしじん》という人たちが歌う物語を覚えているそうだ。これまでも桜に「おとぎ話」を聞かせてくれた女たちはいたが、マリア婆ちゃんが最も語りが上手い。

その時、木槌《きづち》を打ち鳴らす音が響いてきた。

見張り台で、当番の女が木製の半鐘《はんしょう》を激しく叩いている。

「新たなる犬が来る！　新たなる蛇が来る！」

――犬蛇の小舟が来たのか。

音に驚いたアルちゃんが慌てて髪留めから降り、桜の胸元に潜《もぐ》り込んだ。

桜はヴィースの蔓をつたい、再び壁によじ登った。赤い着物と髪を翻《ひるがえ》しながら、遠い水平線を眺める。

真っ黒く塗られた小舟。

新しい罪人の女が来る。

「見えるかい？」

壁の下からマリア婆ちゃんに聞かれた。桜は島でも五本の指に入るほど視力が良く、この距離でも人数ぐらいは分かる。人影は二つだ。

「今回の罪人は一人みたい。あとは黒い船頭だけ」

黒い船頭は、犬蛇の小舟で罪人を護送する役目を負う。

死にかけの男と決まっており、島の岸壁まで罪人を送り届けると、そのまま小舟で島を離れなければならない。無理に上陸すれば、島の女たちから殺される。

かといって、危険な海流に囲まれた犬蛇の島から出港地クセールに戻ることは絶対に出来ないし、他の島へもたどり着けない。船上で渇き死にするか鮫《さめ》に襲われる前に、自《みずか》ら命を絶つ者がほとんどだそうだ。

それでも、わずかな報酬につられて黒い船頭に立候補する男は多いらしい。どうせ命が残り少ないなら、最期に護送者として金を稼《かせ》ぎ、家族に残そうとするのだ。

だが今日の船頭は、死病に冒《おか》されているようには見えなかった。

背が高く、櫂《かい》を操る腕に迷いが無いのが遠目にも分かる。黒いマントですっぽりとフードをかぶっているのは今までの船頭と同じだが、病気で死にかけているとは思えない。

そして罪人の女の方も、頭と体を白いマントで覆っていた。

普通、護送されてくる女は不安そうに犬蛇の島を見つめていることが多い。持ち込む食料や武器を島民に盗《と》られまいとして、警戒心の塊《かたまり》になっているものだ。

だが今日の罪人は、一度も顔を上げなかった。

クセールの方角を振り返るでもなく、犬蛇の島を見上げるわけでもない。ただ、黒い船頭が操る櫂をじっと見ているようだ。

マリア婆ちゃんが言った。

「今回は一人か。以前は数人溜まってから送られてたってのに、最近、単独護送だけでも頻繁《ひんぱん》に小舟が来るね」

「新しい人、何かいいもの持ってるかな?」

「刃物じゃなけりゃ、せめて針が欲しいねえ。この島じゃ値千金《あたいせんきん》だ」

壁の上に立つ桜のもとに、島の女たちが集まってきた。みな口々に、新人はどんな女か、何か持っていそうか、と聞いてくる。

「今日の人はずっとフードを取らないから、よく見えないよ。だけど変なの、黒い船頭があんまり弱っていない」

わずかに生えた海漂林《マングローブ》で組まれた桟橋に、犬蛇の小舟が着いた。

新たな罪人はやはり島影を見上げることさえせず、フードをかぶってうつむいたままだ。マントの裾《すそ》を軽くたくし上げ、身軽に桟橋に飛び移っている。

(……黒い船頭もだけど、新しい女の人も背が高い)

島の誰よりも長身のようだ。シルエットも何だか、今までの罪人とは違うように見える。

いつもなら、女が上陸すれば黒い船頭はそのまま小舟で離れていく。

だが桜が驚いたことに、黒い船頭は軽くマントをさばくと、自分も桟橋に移った。足で小舟を海に蹴《け》り出す。

桜は呆気《あっけ》にとられた。

男はこの島に上陸してはならない。島の土を踏むことなく海に出るのが掟《おきて》なのに。

二人は桟橋を離れ、崖に掘られた階段を上り始めた。

壁に囲まれたこの集落に上がってくる気だ。桜は慌てて集まっていた島民たちを振り返った。

「黒い船頭までここに上ってくる！」

すると女たちはひどく驚いた。

「何？」

「まさか」

「島に男が足を踏み入れたら、殺されるのを知らないのか？」

すぐに女たちの長《おさ》である「将軍」に知らせがいった。

誰よりも強いのでそう呼ばれており、唯一、本物の鉄で出来た剣を持っている。以前は本当に身分の高い軍人だったとの噂で、情けをかけられ自害用の剣を持たされたそうだ。

だが将軍は自害をせず、この島の女たちをまとめている。とても怖い人だが、こうした事態では頼りになる。

将軍は桜の報告を聞き、眉根を寄せた。

「島に厄災を持ち込む気か。男め」

警報が発せられ、全員が武器を手に戻ってきた。木製の槍《やり》、弓、棍棒《こんぼう》、それさえないものは毒蛇の籠《かご》を手にしている。掟破りの黒い船頭は殺さなければならないし、それを許す罪人の女も場合によっては死刑だ。桜も矢筒に手をやり、矢の本数を確かめた。人間相手に大した威力は無いが、威嚇《いかく》ぐらいにはなるだろう。

新しい罪人と黒い船頭は黙々と階段を上る。桜は彼らの動きを凝視《ぎょうし》し、将軍と島民たちに報告した。

「二人ともずっと顔を隠してる。わざとみたい」

「意図的に侵入しようとしてるということだな」

将軍は刃を手のひらにパン、と打ち付けた。見せしめに自分で処刑するつもりだろう。

殺気立つ女たちが待ち構える中、壁に造られた唯一の門が開いた。人骨で作られた鳥おどしの鳴子《なるこ》が音を立てる。

黒い船頭の姿が現れた。

続いて、女物の布をかぶった罪人。どちらも背が高い。

彼らは歩みを止めた。武器を手にした女たちを、フードの下から眺めているようだ。だが、怯《おび》えた様子は無い。

しばらく、その二人と女たちは無言で対峙《たいじ》していた。

やがて将軍が剣をすらりと抜いた。彼女が大股に一歩踏み出すと、それを制するかのように、黒い船頭がフードを取る。

片目を布で覆った男だった。

黒髪に黒い瞳。唇には贅沢品の紙巻き煙草をくわえている。とても死病には見えない。

彼は将軍の構える剣を気にする様子もなく平然と女たちを見回すと、壁の上に立つ桜に目を留めた。

（……男）

これが、男か。

男とは目が一つしかない生き物なのか？　いや、島の女たちの誰もそんなことは言わなかった。

こんなに背が高いとは。肩も広く、腕は強そうだ。将軍よりも大きな人間なんて初めて見た。

将軍は黒い船頭に殺気立つ女たちを抑え、剣先で新しい罪人を指した。

「新たな犬か蛇、お前も顔を見せろ。島に男を引き込んだ罪、分かってるだろうな」

すると、新しい罪人もかぶっていた布を取った。

とたんに島民たちが息を飲む。

「――男」

マリア婆ちゃんが呆然と呟いた。

フードの下から現れたのは、赤っぽい髪と綺麗な顔だったけれど、島の女たちとは明らかに違っていた。まさか、これも、男？

女たちはざわめいた。

黒い船頭と女の罪人ではない。

二人の男がこの島に侵入してきた。罪人のふりをしていたのは、赤い髪の男だったのだ。

赤毛は女たちを見回すと、壁の上に立つ桜を見て、パッと笑った。


「桜!」


嬉しそうに言った彼は、取り巻く女たちを気にもかけず、壁に近づいてきた。

桜を見上げて破顔一笑《はがんいっしょう》し、腕を伸ばす。

「大きくなったね、桜。迎えに来たよ」

——私を、迎えに?

いやそれよりも、この見知らぬ男は桜の名を呼ばなかったか?

壁の上に立つ桜は呆然として動けないまま、赤毛を見下ろした。

もしかして彼は、桜が誰なのか、なぜここにいるのか、知っているのか?

ふいに、赤毛の首筋に将軍の剣があてられた。あと少しでも力をこめられれば頸動脈《けいどうみゃく》が切れそうだ。

「男。犬蛇の島に侵入すればどうなるか、覚悟の上だな」

赤毛は両手を軽くあげ、振り返らないまま将軍に言った。

「お姉さんが、ここのリーダー？　男子禁制の島ってのはもちろん知ってるけど、興味本位で忍び込んだわけじゃないよ」

急所に刃をあてられても平然としている赤毛に、将軍は少し苛《いら》ついたようだった。

「この娘を迎えに来ただと？　犬蛇の島からは誰一人出られない」

「いや、それがね、お姉さん」

軽い口調の赤毛の手が、ひらりと動いた。次の瞬間、将軍の喉元に剣が突きつけられている。

「……え？」

桜は何が起こったのか全く分からなかった。

赤毛の背後から首筋に刃をあてていたのは将軍の方だった。

だが一瞬ののち、将軍を羽交《はが》い締《じ》めにしているのは赤毛だ。奪った剣で逆に彼女を脅《おど》している。

ふいに、どさっという音が聞こえ、桜はそちらへ顔を向けた。

隻眼の男の周りに、数人の女が倒れている。全員、武器を奪われているようだ。

赤毛が肩をすくめた。

「砂鉄《さてつ》ー、相手は女の子なんだから乱暴しちゃ駄目でしょ」

「ただの当て身だ。死にゃしねえよ」

砂鉄と呼ばれた隻眼は、地面に転がった槍をブーツのつま先で軽く蹴《け》った。手作りか、と呟いている。

恐ろしいほどの早業《はやわざ》だった。

この島で最も腕の立つ将軍は赤毛から一瞬で剣を奪われ、複数に囲まれた隻眼も彼女たちを瞬殺《しゅんさつ》した。

——彼らは、一体。

それまでただ唖然《あぜん》とするばかりだった桜の中に、恐怖が生まれた。

男とは、こんなに強いものなのか？　外の世界ではこんな恐ろしい生き物が、人間の半分を占めているのか？

桜は壁の上で一歩後ずさった。無意識に、赤毛と隻眼から遠ざかろうとする。

とたんに赤毛は慌てた顔で将軍の拘束《こうそく》を解いた。

「あー、桜、怖がらないで。別に俺たち犬蛇の島を襲撃したいわけじゃないの。姪《めい》っ子《こ》を迎えに来ただけなんだよ」

「……姪っ子？」

桜は知識として、姪っ子が何であるかは知っていた。確か、兄弟姉妹の娘をそう呼ぶはずだ。ずいぶんと昔、まだマリア婆ちゃんがこの島に来る前、仲良くなった他の婆ちゃんに教わった。

「俺は三月《さんがつ》で、桜の伯父《おじ》さん。桜のパパの兄だよ。あー、俺の想像の百倍可愛くなってるね」

彼は嬉しいような悲しいような、不思議な目で桜を見上げていた。

だが彼の顔も、三月という名前も、全く思い出せない。

両親の記憶さえないのに、いきなり「おじさん」なんてものに迎えに来られても。

三月から離れた将軍は、二人の男を警戒してじっと動かないままだった。

彼女が三月から剣を取り戻そうとすれば、さらなる痛手を負うだろう。最適なのは、男たちとの接近戦を避けて弓や槍で攻撃し続けることだ。人数では圧倒的にこちらが勝《まさ》る。

将軍が低い声で桜に尋ねた。

「蝶の娘。この赤毛を知っているか」

「知らない」

「分かった」

その声の調子から、彼女が本気で彼らを抹殺《まっさつ》しようとしているのが分かった。将軍の意をくみ取り、女たちがじりっと後ずさる。

とたんに三月が両手を挙げて降参した。へらっと笑う。

「いや、ほんと俺、桜を迎えに来ただけで。可愛い姪っ子に知らないって言われてすんごいショック受けてるし、ここは一つ穏便《おんびん》に」

「行くわけねえだろうが」

ずかずかと三月に歩み寄った砂鉄が、彼の手から将軍の剣を奪った。

壁に這うヴィースの蔓を手で探っていたかと思うと、いきなり、一点に剣を思い切り突き立てる。桜が補強したばかりの粘土が細かく散った。

「ヴィースの根は日干しレンガの補強に役立つ。手入れさえすれば、頑丈な鉄骨にも劣らねえ。だが、ここみてえに潮風に吹かれ続けた壁は」

砂鉄は壁に刺した剣を、てこのようにグッと押し下げた。

乾燥した根と生きた蔓が複雑に絡み合ったヴィースの壁から、奇妙な音が響く。

砂鉄は剣でヴィースの蔓を巻き取り、基礎になっている壁柱を蹴った。

とたんに壁が音を立てて崩れ出す。乾ききった骨がわずかな衝撃で砕けるように、あまりにもあっさりと。

「塩で中身がボロボロになってんのを、蔓で何とか支えてただけだ。この壁はもう寿命だな」

砂鉄の言葉とともに、島を囲っていた壁は轟音《ごうおん》と共に崩壊し始めた。

その連鎖は止まらず、砂鉄が蹴った壁柱を中心にがらがらと海岸へ落ちていく。

慌てて壁から飛び降りた桜は、マリア婆ちゃんに駆け寄った。この恐ろしい男たち二人の正体はよく分からないが、とにかく彼女を守らなければ。

桜がマリア婆ちゃんの小さな体を抱きしめると同時に、島に強風が吹き荒れだした。

これまでわずかな土と水を維持《いじ》してきた壁が崩れ、広い海が見渡せる。砂鉄が剣でヴィースの蔓を巻き取るたびに、乾いた泥と枯れた葉、根、蜜を含んだ白い花が狂ったように舞い躍る。

あんなに。

あんなに毎日、一生懸命に壁を補修したのに。

なのに、この男たちは一瞬で島を守る壁を壊してしまった。

桜がマリア婆ちゃんと抱き合い、呆然と海を見つめていると、三月が大きな溜息をついた。

「だーかーらー、俺はもっと穏やかに交渉しようって言ったじゃん」

すると、砂鉄はくわえた煙草を軽く上げ、さらにブーツで壁の残骸《ざんがい》を蹴りつけた。

「穏やかに交渉なんて、俺たち二人で来た時点で無理だ。人選ミスだな」

壁の崩壊が止まらない。

女たちはただ呆然とそれを見つめるだけだ。

壁がなければ島の土を守れない。土がなければ芋も黍《きび》も育たず、食料が足りなければ、わずかな地下水を汲み上げる重労働も滞《とどこお》る。待っているのは渇き死にか餓《が》死《し》だけだ。

将軍がさっと手を振り上げた。

一斉攻撃の合図だ。

だがその直前、砂鉄が鋭く言った。

「交渉だ。俺たちは桜を連れて島を出る。お前たちも来るなら来い」

再び呼ばれた自分の名前に、桜はますます混乱した。

三月は桜の伯父だと名乗った。この隻眼の男は何なのだ？　これも親戚なのか？

将軍は攻撃開始の手を止めたまま、微妙な角度で構えている。砂鉄の一言一句聞き逃すまいとするように、視線はきつい。

彼女は言った。

「島に船でもよこすつもりか？　ここは海流が渦巻《うずま》いていて、鮫だらけの沖に流されるだけだ。脱出は不可能だ」

「船じゃねえよ、島から出る方法が他にもある」

砂鉄が軽く顎をあげて示したのは、崩れた壁の向こう側だった。

——海。

桜が毎日眺めている、透き通った青い海が見える。

だが、その様子が少しおかしい。

マリア婆ちゃんが呟いた。

「潮の引きが大きい」

一瞬、彼女の言っていることが分からなかった。この高さからでは潮の満ち引きは分かりづらい。

だが、確かに何かがおかしい。

桜はマリア婆ちゃんの手を握りしめ、崩れた壁に駆け寄った。三月と砂鉄を警戒して距離を保ちつつ、岸壁を見下ろす。

「……海底が出てる」

潮の引きが異常だった。

今日、この時間に潮が引くのは分かっていた。月に二回ほどは干満差が大きくなるし、さらに年に二度は浅瀬が露出するほどに潮が引く。

だが普通、それは満月か新月の日だ。今日は三日月のはずなのに、なぜか大潮《おおしお》の日よりも水位が低い。

女たちも崩壊した壁を踏みしめ、海岸をのぞき込んだ。深い岩礁が完全に現れ、取り残された魚がびちびちと跳ねている光景に驚愕する。

将軍がぼそりと呟いた。

「海が割れている」

「もっと割れるよー、多分」

三月がヘラヘラと笑って言った。

「なんかー、何百年に一回ぐらい、惑星の並びとか気候とかの条件が重なると海の水めっちゃ引くらしくて。天文台が今年の七月やばいよって言ってたんだけど、マジだったわ」

「まさか、この海底の道は」

「クセールの港の近くまで続いてるらしいよ」

桜は一言も無く、ただ呆然と割れた海を見つめていた。

犬蛇の島から伸びる深い岩礁がいくつも連なり、遙か水平線へと続いている。まるで海底の山脈だ。

(さんみゃく?)

突然、頭に浮かんだその言葉を、桜は疑問に思った。

山が連なる光景なんて自分はどこで見たのだろう。この島には小さな山が一つしかないのに。

山脈。

海。

蜃気楼。

自分の伯父だと名乗る男。

隻眼。

桜は目を閉じた。すぐそこにいるはずの二人の男を直接見るより、自分に残るわずかな記憶をかき集めたかった。

なのに、思い出せない。

両手で顔を覆った。自分の過去を知りたいなら、砂鉄と三月という謎の男に聞くべきだ。少なくとも今のところ、敵意は感じない。

だが体中の血がざわめいているようで、上手く言葉を紡《つむ》げそうにない。これは、見慣れぬ男に対する恐怖だろうか。それとも、初めて見る割れた海に怯えているのか。

マリア婆ちゃんにそっと手を取られた。

皺《しわ》深い指と自分の指を絡め、何度も握っては緩《ゆる》めを繰り返す。彼女が教えてくれた、心を静めるお呪《まじな》いだ。

ふと、マリア婆ちゃん以外の気配を近くに感じ、桜は目を上げた。

三月という男が、少し離れたところから桜を見ていた。金色がかった赤い髪が強風に翻《ひるがえ》り、灰色の瞳は曇り空を映したかのような色だ。

さっき彼は、桜の父の兄だと名乗った。

混乱していて聞きそびれたが、とても大事なことのような気がする。

「……私の父親の、お兄さん?」

無言で待っていたらしい彼は、ようやく桜から話しかけられたことに少しホッとした様子でうなずいた。

「うん、俺の弟が桜の父親。桜はパパって呼んでたよ」

「私の父親は今、どこにいるの」

「遠いとこ」

「生きてるの」

「うん。でも、桜の側《そば》にいれないんだ、今は」

「なぜ?」

「桜を守るためだよ」

それ以上、彼は何も説明しようとはしなかった。さっき将軍と話していた時は軽い口調で饒舌《じょうぜつ》そうだったのに、桜の父のことになると何故か口が重たい。話せない事情があるようだった。

桜は質問を変えた。

「あの砂鉄って人は、誰？」

砂鉄は半《なか》ば崩壊した壁柱にもたれ、煙草を吸いながら女たちに注意を払っている。

将軍を中心に輪になった女たちは、壁が崩れてしまった今どうすべきかと、緊急の評議会を開いているようだ。もう、二人の男を処刑しても意味は無い。この島に留まっていても、遠からず餓死が訪れるのだ。

三月はぽりぽりと頰を掻いた。

「あー、砂鉄は俺の同僚みたいなもんかな」

同僚とは何だろう。だが単語の意味を確かめる前に、他に聞きたいことが山ほどあった。

「あの人は伯父さんじゃないの」

「桜のパパの友達みたいなもんかなあ。ま、伯父さんの一人だと思っていいよ」

伯父さんの一人、という言い方に、他にも自分には伯父がいるのかと尋ねようとした時だ。

ずっと懐に隠れていたアルちゃんが、緑色の頭を襟からチョロリと出した。

しばらく辺りをうかがっていたが、やがてするっと桜の着物を抜け出し、髪留めに留まる。

いつもの左耳の上だ。

桜が指先で彼の位置を正してやっていると、三月が驚いたように目を見開いた。

「え、それ、もしかしてアルちゃん？」

「……知ってるの？」

「だって桜がずっと飼ってたもん。えー、嘘、アルちゃんまだ生きてたんだ。寿命なっがいね」

桜がこの島に来た時から一緒の、アルちゃんを知っている。

ならば、三月が桜の伯父だというのは本当なのだろうか。

ついさっき会ったばかりの男たちを信じるのは怖い。

だが、彼らと共に犬蛇の島を脱出すれば、見知らぬ蜃気楼の街にたどり着けるかもしれない。

――この海の、向こう側へ。

期待はあった。

だが同時に不安も大きく、桜は何も言えなかった。すがるようにマリア婆ちゃんを見ると、彼女がしっかりとうなずく。

離れたところでこちらをうかがっている砂鉄へも目をやる。彼はただ黙って桜を見つめ返す。

蜃気楼の街。最後に、桜は三月を見上げた。

「アルちゃんを知ってる人になら、私はついていく。この島を出る」

犬蛇の島の女たちは、干潮《かんちょう》を待って脱出することになった。慌ただしく準備が始まる。

将軍の指示で、井戸からありったけの水が汲み上げられた。革袋に詰められるだけ詰めたがとても人数分は足りず、革製の天幕や衣服まで水筒に縫《ぬ》い直される。

貯蔵されていた黍も急遽《きゅうきょ》、粉に挽《ひ》かれてパンが焼かれ、芋も全てがふかされた。こんなにたくさんの食料を一度に見るのは桜も初めてだ。

崖を下って露出した海岸を調べた将軍は、女たちのサンダルにヴィースの蔓を巻かせた。滑り止めだそうだ。

「困難な道のりになる。遅れた者はその場に捨てていく」

彼女の言葉は容赦《ようしゃ》が無かったが、水や食料を背負うのは体力のある者、若い者だけだと指示された。桜にも数人分の水が渡される。

将軍はさらに、全ての女たちに何らかの武器を携帯するよう伝えた。

「使い慣れた武器がある者はそれを。無ければ尖らせた枝でも何でもよい、自らの身は自ら守れ」

それほど危険な道のりなのかと、桜は覚悟した。

水の引いた海底でどんな生き物が襲ってくるかは不明だが、マリア婆ちゃんだけは絶対に守らなければ。

　桜は愛用の弓を念入りに手入れした。

　海漂林《マングローブ》の本体をジュゴンの脂《あぶら》と蜜蠟《みつろう》で擦《こす》り、野ウサギの腱《けん》をより合わせた弦には、膠《にかわ》を塗り込んだ。湿気が大敵の弓を武器に海を渡るのだ、細心の注意を払わなくては。

　さらに桜は、矢の材料も補充することにした。出発前に島の反対側に行くと言うと、三月もついてくると言う。

「木材を補充しに行くだけだよ」

「枝を切り出すの？　運ぶの手伝うよ」

　ニコニコと言われたが、桜は正直、一人で行かせて欲しかった。

　秘密の場所だし、「伯父さん」とはいえ出会ったばかりの見知らぬ人と二人きりになるのは怖い。しかも、あの将軍から一瞬で武器を奪える腕の持ち主だ。

　だが、自分は彼を信じて島を脱出すると決めた。水筒作りにいそしむマリア婆ちゃんをチラリと見ると、こちらの様子をうかがっていたらしい彼女が小さくうなずく。大丈夫だ、との意味だ。

　本当はマリア婆ちゃんにもついてきて欲しいが、彼女が三月を信用するなら。

　そう思って桜は集落を出たが、何と、それまで黙って煙草を吸っていた砂鉄まで一緒に来た。無言で同行するので、内心焦《あせ》る。

（こ、この人も？　怖いんだけどなあ）

無意識のうちに桜の足は速まった。

トゲだらけの灌木《かんぼく》が茂る斜面を駆けるよう進むが、二人は難《なん》なくついてくる。島では桜しか飛び越えられないような涸《か》れ谷も、ひょいと渡る。

ようやく気がついた。彼らは脚が長いのだ。将軍よりも背が高いということは歩幅も大きく、桜がどれだけ急いでも、彼らにとっては早足程度なのだろう。

男は強く、背が高く、脚も長い。彼らが溢れているはずの「外の世界」で、自分の弓など役に立つのだろうか。

不安になりながらも山を越え、島の南岸に降りた。

集落のある北側の崖と違い、ここは珊瑚が砕けた白浜だ。数本の棗椰子が澄み切った浅瀬に影を投げかけ、小魚が集っている。

ここで最も目立つのは、砂に根を張った大きな樹だ。

栄養分の少ない珊瑚の骨に生えながらも、それは常に涼しい木陰を作り、白い花を咲かせ、甘い匂いを漂わせている。

奇妙なことに、この花は蜜をつけない。なので虫も鳥も寄ってこない。実もならないどころか、葉は落ちも枯れもしない。

大きなだけで役に立たない樹に、女たちの誰も近寄ろうとはしなかった。

だが桜はなぜか、この樹が好きだ。さやさやと風に流れる葉ずれの音が子守歌のようで、よく木陰で昼寝をした。

幹に手を当て、桜が樹上を見上げると、三月が柔らかく言った。

「不思議な樹だね。こんな乾燥帯の小島でよく育ったもんだ」

彼の言葉に賞賛のニュアンスを感じた桜は、少しはにかんで答えた。

「これは、ママの樹なの」

「ママの樹?」

「この島で一番好きな樹だから、ママって呼んでる」

すると、三月と砂鉄がちらっと目を見交わした。三月は何か問いたそうな顔のまま黙り込んだが、初めて砂鉄から声をかけられる。

「お前は、自分の母親を覚えているのか」

「……知らない。でも、ママの樹はママの樹だから」

桜は少しムキになった。

自分に両親の記憶は無い。

だがなぜか、寂しいと思ったことは無い。顔も知らない両親なのに、常に側にいるような気がしていたのだ。

砂鉄は怖いので、三月に尋ねた。

「刃物持ってる？」

「刃物？　ナイフでいいかな」

「うん」

彼から手渡されたナイフをくわえ、桜は身軽に幹をよじ登ると、枝を何本も切り取った。若枝だから乾燥させるのに時間がかかるが、完全に水分が抜けると硬質で良い素材になる。

「その枝、どうするの？」

三月に尋ねられ、桜は少し考えた後で背負っていた矢を一本、彼に手渡した。

「削《けず》って矢尻にするの」

「ママの樹を？」

「島には堅い素材がほとんど無いから、この枝を乾燥させたものを使うよ」

桜の矢は、海漂林《マングローブ》を軸《じく》に海鳥の矢羽根を膠で接着したものだ。矢尻の部分にはママの樹を加工した、丸い玉をつけている。

三月は不思議そうに矢尻を指で押した。

「でもこの矢尻、どんぐりみたいだね。獲物に刺さんないでしょ」

「うん、あんまり。ウサギとか狙う時は、矢尻つけないで、尖らせた矢軸《やじく》だけ撃ち込むの」

「じゃあ、矢尻に何の意味あるの？　子供の練習用にこんなの使ったりするけど」

「……私がママの樹を好きだから、持って行きたいの」

少し緊張しながら答えた後、桜は唇を引き結んだ。

ママの樹の秘密は、マリア婆ちゃん以外の誰にも話してはならないときつく言われている。将軍にも、島の女たちにも、もちろん初対面のこの男二人にも。桜の父の兄弟と友人だと名乗ってはいるが、全て信用するわけにもいかない。

――あの人たちとの大事な秘密で、約束だ。

三月も砂鉄も、それ以上はママの樹について何も聞かなかった。

三月は桜が枝を切るのを手伝ってくれたが、砂鉄は無言で煙草を吸いながら、砂浜を歩いている。ほとんど表情の動かない男だが、何か気になるのか、わずかに眉根が寄っている。

やがて彼が唐突に言った。

「桜。これは何だ」

彼は煙草の先で足下を指していた。

ブーツで白砂を軽く蹴り上げると、埋《う》もれていた瓦礫《がれき》が現れる。

「噴水盤《ふんすいばん》の遺跡だって、マリア婆ちゃんは言ってたよ。大昔、ここに庭園でもあったんだろうって」

「庭園？　こんな島にか」

不審そうに聞き返されたが、桜は彼女の言葉をそのまま伝えたに過ぎない。そもそも自分は噴水盤も庭園も見たことがないので、風や波の加減で現れたり消えたりするその瓦礫がどんな意味を持つのか、考えもしなかった。

砂鉄は一人で瓦礫を掘り起こして調べ始めたが、桜にそれを気にしている時間は無かった。今日の干潮まであと少しだ。急いで集落に戻らなければ。

「バイバイ、ママの樹」

珊瑚の白浜を出る前に、今まで何度も触れた樹にお別れを言った。名残惜しいが仕方がない。ほとんど駆けるように山を越え、北岸の集落にたどり着くと、マリア婆ちゃんは出発の準備を終えていた。桜が乾燥させていたママの枝をヴィースの蔦《つた》で束にし、運びやすいようにしてくれている。

三月は驚いた顔になった。

「これ全部持ってくつもり？　かなりの量だけど」

「ここに乾かしてあるママの枝はもう乾燥してるから、矢尻に出来るの。全部持って行く」

そう説明しながらヴィースの蔦に保存食と水筒をくりつけていると、三月からひょいっと奪われた。

「荷物は俺が持つよ、桜」

「？　何で？」

「桜、女の子じゃん」

「……？」

彼が何を言っているのか、さっぱり意味が分からなかった。自分の荷物を自分で運ぼうとしているのに、なぜ彼は「女の子」という言葉で交代を申し出るのだ。

「重いものは男に持たせるもんだよ、桜。あんたの数倍、力があるんだから」

マリア婆ちゃんが真顔で言うと、砂鉄も荷物を軽く肩に担《かつ》ぎ上げた。

「俺と三月で荷物は持つ。これから強行軍だ、お前は婆さんの面倒を見ろ」

「……うん」

よく分からないが、彼らが荷物を運んでくれるらしい。確かにマリア婆ちゃんの世話は必要だし、協力してくれるなら有りがたい。

普段は左右の腕の交互に革の篭手《こて》をつけるが、今日は両方に装着した。防具代わりだ。

日が暮れかけるころ、海底は完全に露出した。将軍が号令をかける。

「松明《たいまつ》を持て！」

三月が天文台で聞いたところによると、海底に道が現れているのは半日ほどらしい。夜明けまでに海を渡りきらなければ、全員が溺《おぼ》れてしまう。

女たちは岸壁に降りた。

露出した珊瑚礁《さんごしょう》が夕日で黄金色《こがねいろ》に輝き、魚があちこちで跳ね回る。突然のご馳走に海鳥は狂乱を起こして騒ぎ、遠くでは打ち上げられた鮫がのたうっていた。

「さ、行こうか」

三月にそっと背を押された時、桜はもう、そんなに怖くはなかった。この島の女は男を憎んでいる者が多いので嫌な噂ばかり聞いていたが、彼は優しく笑う。

砂鉄は桜に目もくれなかったが、海底の道を見つめてボソッと言った。

「まずは生きて海を越える、か」

海底の道は色とりどりだった。

赤い枝のような珊瑚《さんご》、白いテーブルみたいな珊瑚、大輪の花そっくりの黄色い珊瑚、それらが複雑に組み合わさり、ウミシダや海綿《かいめん》が密生している。そこかしこで跳ねる真っ青な魚はチヨウチョウウオで、海水を求めて口をぱくぱく動かしている。いつもの桜《さくら》なら真っ先に拾いに行くが、この道のりはスピード勝負だと砂鉄《さてつ》に厳命されているので諦めた。

靴にヴィースの蔓《つる》を巻いていても、クラゲや海綿で滑りやすい。砂鉄が先頭を進んで歩きやすいルートを探し、次に三月《さんがつ》が桜とマリア婆ちゃんを見ながら続く。それから女たちの長い列。しんがりは将軍が務めるそうだ。

アルちゃんも異常事態を感じ取っているようで、ずっと桜の耳元にいる。時々ふるりと動く彼の鱗《うろこ》を、指先で撫でてなだめてやった。

桜は珊瑚の上を歩きつつ西の水平線を見つめた。

真っ赤な太陽が揺らめきながら沈んでいく。水平線に触れた瞬間、溶けたように形が変わるのが、いつも不思議でしょうがない。

「島には全部で何人いたの？」

三月に聞かれ、桜は指を折って答えた。

「百と四人。最近よく犬蛇《けんじゃ》の小舟が来てて、いきなり増えたの」

「真水と食料、足りなくならなかった？」

「なりそうだった。最近、井戸から汲《く》み上げる地下水に塩が混じるようになって」

賢《かしこ》い蛇《へび》の女が海水から真水を作る方法を知ってはいたが、蒸留水だけではとても人数に追いつかなかった。将軍は口減らしも考えていたようだ。

そのため、最近は評議会が盛んに開かれていた。間引きされる対象はくじで平等に選ぼうという意見と、戦って決めようとの意見が対立していた。

マリア婆ちゃんが楽しそうに笑った。

「戦って決めるんじゃあ、あたしなんか真っ先にあの世行きだねえ。まあ長く生きて色々見たし、それでもよかったんだが」

「駄目だよ、マリア婆ちゃんは私の友達なんだから」

桜が人差し指を振りながら、めっ、と言うと、マリア婆ちゃんは親指を立て、グッと突き出した。二人のいつものやりとりだ。

三月は背後に続く女たちの列を振り返った。

「水も食料も足りない、島を守る壁は寿命、それで将軍はすぐさま島の脱出を決めたんだね。判断の速いリーダーで助かった」

それにはマリア婆ちゃんが答える。

「あんたらに壊された壁を補修して、島に留まることも出来はしただろうがね。人口の一割を間引いて生きながらえるより、全員で脱出して一発逆転に賭けたのさ、将軍は」

彼女は階段状になった珊瑚を身軽に登りながら、将軍のいる最後尾へと目をやった。

「将軍は自分ではあんたら二人に勝てないとあっさり認め、従う道を選んだ。優劣つけたがる男みたいなプライドが無いからこそ、将軍にはそれが出来るんだよ」

言われてみれば確かに、将軍が島での順位にこだわるのを桜は見たことがない。自分が圧倒的に強いからだろうか、彼女は戦える犬の女だけではなく、賢い蛇の女も平等に扱っていた。彼女が権力を一手に握っていたからこそ、水と食料の分配は厳密に守られてもいたのだ。

砂鉄がチラリと肩越しに桜を見た。

「あの女は元軍人だな?」

「うん、噂ではそう聞いた。国の偉い人に刃向かって、島流しになったって」

「島の女たちはなぜ、武器を持っている?」

なぜ？

なぜって。桜は困惑して答えた。

「訓練しないと、水も食料ももらえないからだよ」

「なぜだ。外敵《がいてき》が攻めてくるわけでもねえ島で、訓練に何の意味がある。大人しく獣でも魚でも狩ってりゃいいのに、体力を消耗《しょうもう》するだけだろうが」

桜はマリア婆ちゃんと顔を見合わせた。

島ではずっと前からそうだった。ある程度、水と食料が行き渡るようになると、強い犬の女が島民の訓練を始めた。賢い蛇の女が文字や計算を教えた。何かを学ばなければ生きる権利は無い。それが当たり前で、理由なんて考えたこともなかった。

マリア婆ちゃんが言った。

「片目の兄さん、あんたが必要も無いのに贅沢《ぜいたく》な煙草を吸い続けてるのと一緒さ。罪人だって、ただ食って寝てじゃ生きてる意味も見いだせない」

「訓練は娯楽か？」

「そんなもんかねえ」

その返事を聞いて、桜はさすがマリア婆ちゃん、と感心した。

桜はよく、言いたいことがあっても上手くまとめられなくてもどかしく感じる時がある。外界から来た女たちと違って、自分は経験値が圧倒的に少ない。言葉を的確に選べないのだ。

だがマリア婆ちゃんは長生きしているだけあって、この怖そうな砂鉄ともやり合える。口だけは達者な婆さんだと、将軍からも呆れたように言われていただけはある。

「兄さん、将軍が気になるのかい」

「最初は俺たちを殺す気満々だったのが、壁が崩れたとたんあっさり従ったんで、少しな。身分の高い軍人だったというなら、もっと疑ってかかりそうなもんだが」

将軍が素直に自分たちについてきたのが、彼は気になるのか。桜には、なぜ三月と砂鉄が将軍を警戒しているのかが分からなかった。

するとマリア婆ちゃんがにやっと笑った。

「そりゃ将軍だって同じだろうよ。なぜ兄さん方二人が罪人全員を連れて島を出ようとしてるのか、理解しがたくてね」

すると砂鉄と三月が同時にマリア婆ちゃんの顔を見た。無言だ。

「あんたら二人、やたらと強いね。桜一人だけ島から奪って逃げるのも簡単だったはずだ。なのに、最初から女たち全員を脱出させるよう、壁を壊した」

マリア婆ちゃんは笑顔のままなのに、口調は真面目だ。それを聞いた桜も、ようやく気づいた。

三月が桜の伯父《おじ》さんで、砂鉄が桜の父の友人。二人とも桜を守ろうとしているらしい。ならば、海が引くのを待って三人だけで脱出すれば早かったはずだ。百人以上の女たちなど置いてきぼりにして、さっさとクセールの港を目指せたのに。

「あたしはさっきからずっと、なぜ、あんたらが他の女たちや、役立たずのこの婆さんまで連れてきたのか考えてる。答えは出ないがね」

すると、三月がマリア婆ちゃんに笑顔を向けた。

「あんま難しく考えないでいいよー、お婆ちゃん。俺、女の人は見捨てらんないってだけなの」

「そうかねえ」

桜は三月と砂鉄、マリア婆ちゃんの間に微妙な緊張が漂《ただよ》っているのを感じた。あんたは鈍《にぶ》いねえ、とよくマリア婆ちゃんに呆れられる桜ではあるが、彼女が警戒しているのだけは伝わってくる。

相手が男だからだろうか。

それとも別の理由だろうか。

何となく不安になって、桜が無言でマリア婆ちゃんの手を握ると、強く握り返された。

大丈夫、自分が砂鉄と三月についていくと決めた時、彼女は何も言わなかった。島からの脱出自体に反対なわけではないのだ。

太陽はすっかり海に沈み、空は淡い紫と濃紺《のうこん》に染められていた。わずかに細くたなびく雲が遠くに見える。あの下にきっと、桜が夢に見た「街」がある。

西の空に明るい星が輝きだした。

一番星だ。夕方と明け方だけに現れる、桜が一番好きな星。思わず足を止めて見とれる。

すると、先を急がせていた砂鉄も空を見上げた。

「金星だ」

彼はボソッと言った。間近で桜を見下ろす。

「お前はあの星を見て、何も思い出せねえか」

突然そんなことを聞かれ、桜は戸惑った。

威圧感のある彼にひるんで身を引くと、三月から守るように肩を抱かれる。

「砂鉄ぅ、そんなに桜を脅《おど》かさないでよ。まだ何も思い出せないみたいだし」

思い出す？

私は、あの金星を見たら何か思い出すはずなのか？

いや、それよりなぜ彼らは桜の過去を説明してくれない？　わけも分からず島から脱出させられ、それからどこへ行くのだ？

あれこれの疑問が渦巻《うずま》いていると、誰かが言った。

「いや美しいものですね、宵《よい》の明星。美の女神ヴィーナスと呼ばれるのも納得です」

――ん？

桜は辺りをキョロキョロと見回した。

今、誰がしゃべった？

「海に沈む直前、最も輝くでしょうね。その時は一等星の百五十倍もの光を放つらしいですよ、天文学は門外漢《もんがいかん》なので聞きかじりですが」

すぐ耳元で声がする。男の声だが、砂鉄でも三月でもない。彼らも不審そうに辺りを見回している。

「ヴィーナスという呼称《こしょう》も良いですが、古代メソポタミアで崇《あが》められたイシュタルも金星の化身《けしん》ですね。暁《あかつき》の女神ですよ」

「……さ、さく、桜」

驚愕に目を見開いたマリア婆ちゃんが、震える指で桜の髪を指した。

いや、髪ではなく、左耳の上に留まっているアルちゃんだ。

「蜥蜴《とかげ》が、その蜥蜴がしゃべってるよ」

「え?」

いったい何を言っているのだ。アルちゃんはとても賢《かしこ》いが、人語《じんご》は話さない。鱗は綺麗だけど普通の蜥蜴だ。

そう思いつつも桜が左耳に指を伸ばすと、アルちゃんはするりと移動してきた。

いつものように手のひらに収まり、愛らしい顔で桜を見上げる。

「初めまして、桜さん。僕はアルベルトと申します」

桜はぽかんと口を開いた。

――蜥蜴がしゃべっている。


絶句した砂鉄の唇からぽろりと煙草が落ちた。

三月は驚愕しつつ無意識みたいにナイフを抜いた。

マリア婆ちゃんはとっさに桜の手からアルちゃんを払い落とそうとしたが、その前にアルちゃんが素早く逃げた。

「ちょ、ちょっと待って下さい、僕は妖怪変化《へんげ》の類《たぐ》いではありません。桜さんに害をなす存在ではないのですよ」

やっぱり、何度目をこすってもしゃべっているのはアルちゃんだ。

桜は手を目の高さまで持ち上げ、アルちゃんと視線を合わせた。

「……アルちゃん、アルベルトっていうの？」

「はい。本当は身分に伴《ともな》ったもっと長い正式名称がありますが、今は役に立たないので名乗りません。まあ、アルベルトという名の言語学者とだけ認識していただければ」

ぱくぱくとよく動く口、回る舌。バッタを好んで砕《くだ》いていた歯はそのままなのに、いきなり話すようになった。

「アルちゃん、本当はしゃべれるのに今まで黙ってたの？」

「いいえ、あなたのアルちゃんは今日の昼ごろまでただの爬虫類《はちゅうるい》でしたよ。ですが数時間前、僕が乗り移ったといいましょうか」

「乗り移った？」

「そうですね、言語を研究対象としていた僕は曖昧《あいまい》な単語を使いたくはないのですが、あなたに理解できるよう説明するならば、死人である僕の魂だけがペットのアルちゃんに憑依《ひょうい》したと考えて下さい」

ひょうい、というとアレだろうか。

以前は巫女《みこ》だったという島の女が、踊りながら精霊を自分に「落とす」ことをそう言っていたが、蜥蜴のアルちゃんにアルベルトという人間が落ちてきたと思えばいいのか。

「えーと、分かった。アルちゃんの体で、アルベルトさんの魂なんだね。でもアルちゃんって呼ぶね。乾燥させたバッタとミミズ持ってきてるけど、食べる？」

「この体に入って数時間ですので自分が何を欲するのかまだ分からないのですが、昆虫やミミズはご遠慮願いたいですね、以前は万物《ばんぶつ》の霊長《れいちょう》だった存在としては」

「うーん、じゃあヴィースの種とかどうかな？」

「いや、待てお前ら、呑気《のんき》にメシの話してる場合か」

いきなり砂鉄が桜とアルちゃんの会話に割って入った。なぜかこめかみに青筋を立て、アルちゃんを睨み付ける。

「何ふっつーに現世に蘇《よみがえ》ってんだよ、眼鏡」

するとアルちゃんはムッと顔をしかめた。堅い鱗に覆《おお》われた顔に表情筋が発達しているとは思えないのに、彼が感情を害しているのが分かる。

「相変わらずですね、砂鉄さん。目がお悪いのもお変わりないようですが、今の僕が眼鏡をかけているように見えますか？」

「うっせーな、眼鏡は眼鏡だろうが。人間だろうが爬虫類だろうがテメェは存在がもう眼鏡なんだよ」

「ああ、懐かしくさえ感じますよ、その程度の低い罵詈雑言《ばりぞうごん》、他人に最低限の敬意さえ払えない傲慢《ごうまん》さ。年月はあなたを変えはしなかったようですね」

「ア？　握りつぶすぞ爬虫類」

「はい、そこまで」

蜥蜴相手に本気で凄《すご》んだ砂鉄とアルちゃんの間に、三月が手を差し入れた。呆れ気味に言う。

「砂鉄さあ、王子に対してはほんと大人げないよね。このタイミングでアルベルト王子が蘇《よみがえ》ったの、どう考えても意味があるでしょ」

すると砂鉄は舌打ちしたが、背後に女たちの列が迫っているのに気づき、前を向いた。

「行くぞ。話は歩きながらだ」

大股に歩み出した彼に、桜は慌てて従った。

海が割れている時間は半日だけ。明け方までにクセールの港にたどり着けなければ、全員が溺《おぼ》れてしまうのだ。

砂鉄は前を向いたまま言った。

「桜、その蜥蜴が話せるのを他の女たちに知られるな。おそらく大事な情報源になる」

「う、うん」

まだ何が何だか分からないが、アルちゃんに入ったアルベルトという人物は砂鉄と三月の知り合いのようだ。桜の名も呼んでいたし、妙に賢そうな話し方をするし、ペットとコミュニケーションがとれるようになって少しお得だと思えばいいか。

「では、僕も定位置に戻りましょう。少女の髪飾りとしての役目も果たしつつ、会話は小声で行いましょうか」

するりと桜の袖《そで》に這い上がったアルちゃんは、器用に腕から肩、髪を登り、髪留めの定位置に落ち着いた。ふう、と満足そうな溜息が聞こえる。

マリア婆ちゃんはまだ気味悪そうにアルちゃんを見ているが、桜はすでに彼を受け入れていた。島の女たちから、世の中には不思議なことがいっぱいあると聞いていた。蜥蜴が話すぐらい、そんなに奇異でもないだろう。

並んで歩く三月がクスッと笑った。

「桜はアルちゃんしゃべってもあんまり驚かないんだね」

「動物にはとても賢いのがいるし、死んだ人の魂が蘇った話も知ってるから。三月さんは、アルちゃんと知り合いなの？」

「三月でいいよ」

「……じゃあ、三月」

年上の男の人を呼び捨てにするのは少しくすぐったかったが、桜は素直に従った。自分を見下ろす彼の目がとても優しいので、昼間の警戒心はもうどこかに消えていた。

三月はアルちゃんに話しかけた。

「アルベルト王子、久しぶり」

「お久しぶりです、三月さん。お変わりないようですね」

「まあねー。王子が生きていた頃より、世の中はだいぶ変わったけどね」

「そのようですね。ほんの少し島の女性たちを観察しただけでも、それは分かります」

王子。アルちゃんは王子様だったのか、物語みたいでかっこいい。

ごく普通に会話する三月とアルちゃんに、桜とマリア婆ちゃんは耳を傾けた。先を行く砂鉄も黙って聞いているようだ。

「さっき王子、昼頃にアルちゃんに憑依したって言ったよね。島を脱出するまでは普通の蜥蜴のふりで警戒してたの？」

「いえ、自分の魂がぼんやりと蜥蜴に染み渡っていくのは感じていたのですが、まだ話すことは出来ませんでした。しかし周囲ははっきり見えたし、声も聞こえましたよ」

「じゃあ、さっきいきなり話せるようになったの？」

「ええ、空に宵の明星が輝きだした時、自分の小さな体に力が満ちるのを感じ、発声が可能となりました。もちろん、あの方のおかげでしょう」

——あの方？

桜が問いかけるように三月を見上げると、彼は一瞬、目をつぶった。何事か考えているようだ。

そして真面目な声で言った。

「王子。現世に蘇ったばかりで色々と知りたいだろうし、こっちも聞きたいことは山ほどある。だけど情報交換は慎重にいこう」

「おや、なぜでしょう。あなた方は、戦いにおいて重要なのは力だけでなく情報だとおっしゃっていましたよね。傭兵《ようへい》とはそうしたものだと」

二人の会話を邪魔したくなかった桜は、傭兵ってなに、口の形だけでマリア婆ちゃんに聞いた。すると、軍人の一種だと教えてくれた。なるほど、だから砂鉄と三月はあんなに強いのか。

三月は桜の目を見て、次にアルちゃんに視線を移し、最後に夜空に浮かぶ金星を見つめた。

闇が濃くなるにつれ、ますます輝きを放っている。

「情報は重要だよ、王子。だからこそ、全てをいきなり桜に流し込んで混乱させたくない」

彼は、桜が何か思い出すのを恐れているのだろうか。

だが砂鉄の方は、桜に早く記憶を取り戻して欲しそうだった。

桜は言った。

「三月。私のパパとママのことを教えて」

自分があの島にいた理由、過去の記憶が無いわけ、それも知りたい。だが今、何よりも聞きたいのは自分の両親のことだ。

三月はしばらく考え込んでいた。どこまで話すか迷っているようだ。

すると砂鉄が肩越しにちらりと振り返った。

「もう旅は始まった、後戻りはできねえ。少しずつでいいから、桜に情報を与えてみろ」

――旅は始まった。

後戻りは出来ない。

その言葉はなぜか、桜の心に強く響いた。ずっとあの島で暮らしていた自分が、旅に出られるなんて。話でしか聞いたことのなかった、様々な土地を渡り歩く日々。それに、自分が。

女だらけの島に突然やって来た二人の男。しゃべり出した蜥蜴。マリア婆ちゃんに何度も聞いた、吟遊詩人《ぎんゆうしじん》の物語みたいだ。

やがて三月が静かな声で言った。

「桜のお父さんはね、俺の弟で、錆丸《さびまる》って名前」

さびまる。

不思議な響きだった。どんな姿か全く思い出せないけれど、優しく笑うに違いないと思った。

「錆丸は金星《きんせい》って女の子に出会って、二人は恋に落ちた。そして桜が生まれたんだよ」

「……金星？」

「そう、金星は女神だった。不思議で強大な力を持つ、正真正銘のね。人間より遙かに高性能な存在って感じかな」

女神。

それは、何？

もちろん桜も、神話や寓話《ぐうわ》に登場する女神の存在なら知っていた。マリア婆ちゃんは神様は本当にいると言うし、島の女たちも色んな神様を信じている。神様はたくさんいると言う女もいれば、神様は一人だけと断言する女もいるけれど、桜はたくさんいる方が面白いな、とは思っていた。

だが、それが自分の母親？

「俺は桜のお母さんに会ったことないんだ、写真は見たけどね」

三月がそう言うと、耳元でアルベルトが続けた。

「僕は桜さんの母上にお目にかかりました。女神の名に恥じぬ、大変に美しい方でしたよ」

「アルちゃん、ママに会ったことがあるの⁉」

驚いて声をあげると、マリア婆ちゃんが唇に指を当て、小さく首を振って見せた。背後に続く女たちの列にそっと目をやる。

桜は慌てて声をひそめ、もう一度尋ねた。

「アルちゃん、ママの友達？」

「いいえ、僕は錆丸くんの友達だったと言えばいいでしょうかね。彼が金星さんにプロポーズする旅に、僕も同行したのです。そして、あの島に着きました」

「……あの島って」

「犬蛇の島、とあなた方が呼んでいる島ですよ。さっき捨ててきた、あの流刑島《るけいとう》です。先ほど砂鉄さんが調べていた噴水盤《ふんすいばん》は、錆丸くんが金星さんに求婚した庭園にあったものです」

すると、前方を歩いていた砂鉄がボソッと言った。

「やっぱテメェもそう思うか、眼鏡」

「あなたが眼鏡呼びを改めない限り僕は返事をしたくありません。ここで石のように黙りこくってただの髪飾りになり、情報交換を拒否します」

アルちゃんが頑《かたく》なな声で告げると、砂鉄は小さく舌打ちした後、言い直した。

「やっぱりあの島が金星の島か、蜥蜴」

「ふむ、種族名ですか、本来ならせめて学名を用いて欲しいところですが、まあいいでしょう」

軽く咳払《せきばら》いをしたアルちゃんは、桜の髪の上で居ずまいを正した。小さいながらもよく通る声で続ける。

「犬蛇の島は間違いなく、金星特急の旅で最後にたどり着いたあの不思議な島です。昔は現実世界とは異なる『どこでもない海』に存在していたのですが、現在はこの乾燥した珊瑚礁《さんごしょう》に出現したようですね」

金星特急という、突然出てきた言葉に桜が混乱していると、アルベルトが簡単に説明してくれた。

父である錆丸は、金星にプロポーズをするために「特急」という乗り物に乗ったそうだ。乗り物というもの自体が桜には全く想像出来なかったが、話に聞く大型獣、馬よりも速いのだそうだ。滑空《かっくう》するカモメみたいに素早く地面を這う巨大な箱、と説明され、そんなおかしなものがあるのかと少し笑いそうになった。

「まあ、絶海《ぜっかい》の孤島《ことう》で成長した桜さんに特急を理解して頂くのは難しいでしょうが、とにかく大冒険の末、錆丸くんは女神である金星さんが待つ島にたどり着きました。そこで二人は結ばれ、あなたが生まれたのですよ」

父と母が結ばれ、自分が生まれた。

桜にはその「結ばれ」の辺りがよく理解できないのだが、いちいち言葉の解説を頼んでいると先に進まなそうなので黙ってうなずくだけにする。

「そして金星さんは命がけであなたを産み、この世を去りました」

命がけで桜を産んだ。そして、去った。

ああ、薄々分かってはいたが、自分の母はもうこの世に存在しないのか。

出産は大きな危険をともなうので、それで命を落とす女は多いとは知っていた。不思議な力を持つという女神でも、その呪縛《じゅばく》からは逃れられなかったのだ。

スッと足下《あしもと》が冷えた気がした。三月とマリア婆ちゃんが、気遣わしげに桜の顔を見ている。

アルちゃんはよどみなく続けた。

「この世を去ったといっても、金星さんは女神でしたからね、普通の人間のように土に還《かえ》ったわけではありません。美しい花を咲かせる樹になったのです」

「……樹？」

もしかして。

「ええ、あなたがママの樹と呼んでいたあの大樹です。桜さん、あなたはなぜ、あれが自分の母親の化身とも知らず、ママと呼んでいたのです？」

「……それは……他の女の人やマリア婆ちゃんから、ママは優しくて、自分を愛してくれる人って聞いてたから……あの樹はとても優しかったし、側で眠ると凄《すご》くいい気分になったから」

「あなたは知らず、大樹から金星さんの母性を感じていたのですね。もちろん、あなたが緊急の出発にもかかわらず、大量の『ママの枝』を運んできたことにも意味はあるのでしょうが」

その指摘に桜はぎくりとしたが、無言を貫《つらぬ》いた。

マリア婆ちゃんがじとりとアルちゃんを睨み、カッと前歯を剥《む》いて威嚇《いかく》して見せる。余計なことは聞くな、と言いたげだ。

(ママの樹の秘密は誰にも話してはいけない、誰にも話してはいけない)

毎日のようにマリア婆ちゃんから受ける注意を、桜は心の中で繰り返した。お前は素直すぎて少し鈍いところもあるから、人に騙《だま》されやすいだろう。だがママの樹の秘密だけは守るんだ。しつこくそう言われてきたのだ。

砂鉄がちらりとこちらを振り返り、三月も桜の表情を確かめようとしているようだったが、二人とも何も聞かなかった。アルベルトもそれ以上は追及せず、話を続ける。

「ちなみに金星さんがお亡くなりになった時、僕もついでに死んでしまったのですが、それはこの話に関係の無いことなので割愛《かつあい》します。では、その後の説明は三月さん、お願いしますね」

桜の髪にチョン、と蜥蜴の前足が差し込まれた気配があった。バトンタッチの仕草らしい。

それを見た三月は苦笑して、慎重に言葉を選びながら言った。

「錆丸は金星の忘れ形見《がたみ》の桜を連れて、生まれ故郷の日本って国に戻った。幼い頃、桜はそこで育ったんだよ」

日本。

その国の名には馴染みがあった。日本からもよく、犬蛇の島まで流されてくる女がいたからだ。彼らは黒い髪で黒い瞳の者が多く、体はそんなに大きくなかった。もの凄く遠いところにある国らしい。

だが彼女たちは一様に、「さくら」という名前を褒《ほ》めてくれた。日本で桜は特別な花なのだそうだ。

そして日本から来た女たちは、桜の友達になってくれた。みんな先に死んでしまったけれど、全員よく覚えている。自分は、彼女たちの国で暮らしていたのか。

「錆丸はそりゃーもう桜を可愛がった。俺も生まれて初めて出来た姪《めい》っ子《こ》ってもんに夢中になった。桜は周りに溺愛《できあい》されて育ったんだよ」

死んで樹になっても桜を愛してくれた母親。

父親も、三月も、桜を愛してくれていたそうだ。

桜には、その「愛」というものが何だかよく分からない。自分がマリア婆ちゃんを好きなこと、アルちゃんを可愛がっていること、それは愛と同じなのだろうか。

島の女たちは男を毛嫌いしている者も多かったが、男を愛したがために罪を犯し、犬蛇の島に流されてきた者もいるらしい。

だが桜にとって男女の愛、とは物語の中だけだ。これは両親から受ける愛と何か違うのだろうか。

「だけど錆丸は、桜の将来を心配していた。桜は正真正銘、女神の血を引く子なんだ。成長して、もし不思議な力を発揮《はっき》するようになったら悪者に狙われるんじゃないかってね」

「不思議な力?」

「金星は特急をペチャンコにしたり、人間を次々と樹に変えたり、何でも出来た。あれだけの力を持つ女神の娘がただの人間なんてあり得ない。桜の周囲はそれを警戒してた」

桜は考え込んだ。

自分は島で一番身軽だし視力もいいが、巨大な箱を潰《つぶ》したり、人間を樹に変えるなんて出来ない。普通の娘だ。

だが一つだけ、思い当たらないでもない。

ママの樹と自分が揃って初めて可能となる、誰にも言ってはいけない秘密。だが、あんなことが?

「ある日ね、錆丸は七歳の桜を旅に出した。桜があんまり母親を恋しがるもんだから、自分が金星にプロポーズした旅を再現したんだ」

全く記憶に無いが、その旅には砂鉄が付き添ったそうだ。そして旅の最終地点で錆丸と合流した桜は、両親の出会いからプロポーズ、死別、桜の誕生まで全ての物語を聞いた。

七歳の桜は、両親の冒険譚《たん》に大喜びした。死んじゃったママが近くにいるみたいだと、同じ話を何度も錆丸にせがんだそうだ。

三月はぽつりと言った。

「だけど、あの旅がきっかけになった。情報を全て与えられた桜に、俺たちが恐れていた『力』

が発動した」

「……私に？」

「その正体がなんなのか、俺たちにもよく分からなかった。錆丸にも、砂鉄にも。だけど金星は娘の能力が狙われるのを恐れ、あの世で最後の力を振り絞《しぼ》って、俺たちに頼んだ」


――娘を守って。


もう遠い世界にいる金星は、その声を届けるのが精一杯だった。

だが身も世もないほど彼女に焦《こ》がれ、愛した錆丸には、妻の願いがちゃんと届いた。

「金星は桜が成長するまで、遠い島に隠すことにした。彼女が十五になったら迎えに行って欲しいと俺たちに言い残し、そこで女神は力を使い切った。もう連絡は取れない」

ああ、自分はもう母親の声を聞くことは無いのか。

今までの話で少し期待していたことが打ち砕かれた。もしかして、持ってきた『ママの枝』を通じて金星と話せるかもしれないと思ったのに。

がっかりする桜を見て、三月は慈《いつく》しむように微笑《ほほえ》んだ。

「でも、金星はいるよ。桜にはそれが分かるでしょ？」

死んだ母親が側《そば》にいる。

そんなことを言う島の女もいた。死人は星や花や鳥になって、残された家族の側で見守ったりするらしい。

「うん」

母親は、もういないが側にいる。

じゃあ、父親は？

「パパはなぜ、私を迎えに来ないの？」

「理由があって、遠くにいる。今は錆丸について話せない」

昼に聞いた時と同じ答えだった。

もう今までの話で十分に混乱してる、いいから自分の過去を全て教えて欲しい。そう桜が三月に頼もうとすると、先にアルちゃんが言った。

「なるほど、桜さんに錆丸くんと金星さんの情報を与えすぎたことで不思議な能力が発動してしまった。だからあなた方、桜さんにこれ以上を話すのに慎重なのですね」

三月はちらりとアルちゃんを見た。何も答えない。

「でも、僕も知りたくてたまらないことがたくさんあるのですよ。桜さんに関わらない質問ならばよろしいでしょうか？　そもそも、あなたの相棒――」

「王子」

三月が冷たい声でアルちゃんを制止した。

さっきまでの優しい笑顔とはまるで違う、恐ろしいほどの無表情で言う。

「俺の、相棒が、何だって？」

とたんに桜の耳の上で、アルちゃんがピクッと跳ねた。頭皮に爪が食い込んでくる。

彼はしばらく黙っていたが、やがてほうっと溜息をついた。

「ああ、驚いた。あなたの殺気で心臓が止まりそうでしたよ、比喩《ひゆ》ではなく本当に。小動物の体とはもろいものですね」

「生きてた頃の王子はめっちゃ図々《ずうずう》しかったよね、何でも知りたがって。でも今は、俺の相棒についての質問は止《や》めて」

淡々と言う三月の顔が、桜は少し怖かった。

彼の相棒？　誰のことだろう。なぜ、三月はこんなに冷たい目になっているのだろう。質問は止めろと言われたばかりだが、どうしても気になって、桜はおずおずと聞いた。

「死んだの？　相棒の人」

すると、アルちゃんに対しては凍るようだった三月のまなざしが、少し和《やわ》らいだ。どこか苦しそうな微笑みを浮かべる。

「錆丸と同じだよ。遠くにいる。今は会えない」

相棒というのがどんな存在か、桜には想像がつかなかった。

仲良しとも違うだろうし、将軍が信頼する部下との関係とも違う気がする。自分とマリア婆ちゃんはずっと一緒にいるが、これは相棒と呼べるのだろうか？

「なるほど、錆丸君と、あなたの相棒は『遠くにいる』。ということは砂鉄さんの相棒もまた――」

黙れと凄まれたばかりなのに再びペラペラしゃべり出したアルちゃんに、三月は呆れて目をやった。

「砂鉄に殺されたくないなら、それ以上言わない方がいいよ王子。俺はあんたが桜の大事なペットだから脅《おど》すだけだけどね、砂鉄はマジで握りつぶしにいくと思う」

「ああ、それは恐ろしいですね。自重《じちょう》します」

全く恐ろしくないように言うアルちゃんに、桜はある意味で感じ入った。生きていた頃はもの凄く図々しかったと三月が評していたが、確かに彼の心臓の強さは筋金入りらしい。

だが、とうの砂鉄は幸い、こちらの話を聞いていなかった。珊瑚が塔のようにうずたかく積み重なった上に立ち、遠くを見つめている。

「三月。来い」

彼が指をちょい、と曲げると、三月は真顔になった。身軽に珊瑚の塔へと駆け上がり、すでに暗くなった東の彼方《かなた》へと目をやる。

「うっわ。やっぱ」

彼がそう呟いたので、桜とマリア婆ちゃんは顔を見合わせた。まさか、もう満潮《まんちょう》が始まったのか？　そんなはずはないのだが。

「マリア婆ちゃんはここで待ってて」

そう言い置いた桜は、砂鉄と三月を追って珊瑚の塔に登った。貝殻《かいがら》がびっしりと貼り付いているが、革の篭手《こて》をしているので問題ない。息を切らして二人に並んだ桜は、前方を見てあっと声を上げた。

「……船？」

巨大な船が珊瑚の道に横たわっていた。

犬蛇の小舟の百倍、いや千倍だろうか。マストの何本もある大型帆船《はんせん》が、珊瑚にまみれて道を塞《ふさ》いでいる。

「沈没船だな」

砂鉄がボソッと言うと、三月はがくりと首を落とした。

「あー、さすがにこれは予想してなかった」

「俺もだ」

二人の声は平静だったが、桜は目の前の異様な光景にひどく焦《あせ》っていた。

あの船を乗り越えて進むのは、相当に時間を食うだろう。下手《へた》したら犬蛇の島の山より高い。かといって帆船を迂回《うかい》して海を泳ぐのはもっと危険だ。干上《ひあ》がった海に鮫《さめ》が興奮しているだろうし、いつもの食事が出来なくて凶暴化している恐れもある。この大人数で海に入れば確実に死人が出るだろう。

「おやおや、これは前途多難ですね」

アルちゃんが呑気にそう言ったが、ここで立ち往生《おうじょう》すれば彼も夜明けには溺れてしまうのだ。

それとも、もう中身が死んでいるから平気なのだろうか。

いつの間にか、将軍も珊瑚の高台に登ってきていた。最後尾にいたはずだが、異変を感じ取って駆けつけたらしい。

「迂回は無理だな、ここらは鮫の巣だ。全員で沈没船を崩すか」

「その時間があるかどうかだな」

砂鉄はそう答え、夜空を見上げた。

南十字星が水平線から顔を出し、東の空には赤く細い三日月が浮かんでいる。すでに宵の明星、金星は消えた。

——夜が来る。

とにかく沈没船まで行ってみようと決まり、不安そうに待つ女たちに向かって将軍が声を張り上げた。

「障害物がある！　槍《やり》、棒《ぼう》、ヴィースの蔓を運ぶものは急げ！　他の女は後から水と食料を運んでこい！」

女たちは起伏の多い濡れた珊瑚の道を、出来るだけの速さで走った。

遠目にも小山のように見えた沈没船だが、近くで見ると見上げるほどだ。星空にそびえるマストが一体どれほどの高さなのか、桜には見当もつかない。

将軍は松明《たいまつ》をかかげ、無言で帆船の側面《そくめん》を照らした。

珊瑚がびっしり張り付き、そこからまた青い枝みたいな珊瑚が伸びている。そうでなければ海藻《かいそう》が森のように生《お》い茂り、ぬるぬると滑る。たとえヴィースの蔓を使ったとしても、とてもよじ登れそうにはない。

「壊せ！　時間が無い！」

将軍の号令とともに、女たちは船の側壁《そくへき》を打ち壊し始めた。

桜も乾燥させたママの枝で一番丈夫なものを選ぶと、珊瑚を剝《は》ぎ取る手伝いをした。柔らかくもろい珊瑚はぼろぼろと崩れるが、石より硬い珊瑚が金属板のように貼り付いているところもある。

女たちは死に物狂いで帆船を壊そうとした。力の限り珊瑚を崩し、船板を剝がし、声をかけて励《はげ》まし合う。

「外へ」

「外の世界へ」

それが彼女たちの合い言葉だった。この帆船さえ壊せれば自由への道がつながると、そう信じていた。

力の無いマリア婆ちゃんは松明の番となり、女たちの間を歩き回った。必死に珊瑚を削る桜のもとへ来ると、手にそっとヴィースの糖蜜飴を握らせてくれる。

「お食べ」

「これ、マリア婆ちゃんの分」

「いいから。お腹が空《す》いたら力も出ないよ」

「……ありがとう」

マリア婆ちゃんの大好物なのに。

刃物と交換するため蜜は我慢しろと言うくせに、彼女はよく、後で自分の分をくれる。桜はありがたく、糖蜜飴を口に入れた。

だがこんな状況なのに、一人だけ呑気なのはやはりアルちゃんだった。

「大航海時代の縦帆船《じゅうはんせん》でしょうねえ、何百年も前のものなのに保存状態が良くてびっくりですよ。この熱帯の海は塩分濃度が高いからでしょうね」

彼が何を言っているのかよく分からなかったし、返事をする余裕も無かった。

外の世界へ。

蜃気楼《しんきろう》の街へ。

そして、どこかにいるという私のパパのところへ。

桜は自分にそう言い聞かせ、ひたすらに腕を動かしていたが、いつの間にか近くに三月が立っていた。額に巻いていた白い布を外し、桜に手渡す。

「桜、怪我しないようにこれを手に巻いて」

「篭手してるから大丈夫だよ」

「指先一つ、怪我しないで。手だけじゃなくて、肌が出ているとこは全部。絶対に血を流しちゃ駄目だよ」

「？　うん」

とはいえ今は緊急事態だ。

多少の擦《す》り傷切り傷よりも、一刻も早く沈没船を壊す方が大事なのに。

すると彼は、言いづらそうに続けた。

「……えーと、その、ね。怒らないで聞いて欲しいんだけど、その……」

「なあに？」

これまでずっと笑顔だった三月が、妙に困った顔なのが気になった。うーんうーんと唸《うな》りながら、言葉を選んでいるようだ。

「ええと、血を流しちゃ駄目ってのは怪我とかだけじゃなくて――」

「桜の月のものならまだ先だよ」

いつの間にか背後に来ていたマリア婆ちゃんが言った。三月をじろりと見上げ、ついでニイッと笑う。

「大丈夫だ。この子には血を流させないよう、あたしが見張ってる。万能薬も持ってるしね」

「そ、そなの。よかった」

三月がホッと胸を撫で下ろしているので、桜はますます訳が分からなくなった。

「私の月のものについて聞きたかったの？」

「いや、ほんと怒らないで桜」

「なんで？　月のものを聞くと普通は怒られるの？　島ではみんな、毎日話すよ、海綿の割り当てもあるから」

するとと三月は焦った顔になった。

「いや、そういうデリケートな話題を男からされると、嫌な気持ちになる女の子が多いってだけで……久しぶりに会った思春期の姪っ子に嫌われたら、俺もう生きていけないっつうか」

ブツブツ呟く彼の言葉は、桜にはやっぱりよく分からなかった。マリア婆ちゃんがフンと鼻を鳴らし、しっしっと三月を手で追いやる。

「ほら、あんたは仕事があるんだろ。さっさと戻りな」

「じゃあ頼むね、お婆ちゃん」

三月は笑顔で立ち去った。座礁《ざしょう》した船底《せんてい》の、船尾《せんび》の方へと回っていく。

ふと、さっきから砂鉄の姿も見えないことに気がついた。女たちとは別の場所で、船を壊そうとしているのだろうか？

だがささいな疑問はすぐに頭から吹っ飛んだ。南十字星が夜空を昇る。急がなければ。汗だくになってママの枝をふるっていると、近くで歓声があがった。ようやく側壁の一部に亀裂《きれつ》が生じたようだ。残っていた海水が流れ出し、魚やウツボ、大きな亀までが散乱する。

海水が出切ると、将軍は亀裂を蹴《け》り飛ばして穴を広げ、松明を持って中をのぞいた。腹心の部下が続こうとしたが、危険だからここで待てと言い置き、一人で船に入っていく。

女たちが固唾《かたず》をのんで見守っていると、やがて将軍が顔を出した。眉をひそめ、髪に絡みつくウミユリを引き剝がしながら言う。

「ここが船の水密《すいみつ》区画だ。当たりだな」

「水密区画？」

桜が小声で呟くと、耳元でアルちゃんが教えてくれた。

「貿易品を積む船底の船室ですよ。いくつか壁を壊せば向こうに抜けられるでしょう。さて、眠るお宝はビザンツ帝国の銀貨か、それともシバの女王の乳香《にゅうこう》か」

彼の楽しそうな声に、桜の心も弾《はず》んだ。帆船の構造なんて全く知らないが、将軍が当たりだと言い、物知りらしいアルちゃんも向こう側に行けると断言している。

「急げ！」

将軍の再びの号令で女たちは船室に押し入ると、はりきって槍や斧《おの》を振るいだした。ひどく暗かったが、松明にワイン壺《つぼ》やガラス瓶《びん》などが照らされて輝く。それは希望の火に見えた。

一つ目の船室はもの凄い勢いで壊されたが、ふいに、犬の女の一人が声をあげた。

「槍が折れた」

その声には誰もが驚いた。彼女の槍は穂先が鉄製だ。あの島では将軍の剣の次に丈夫な武器だったのに。

「折れた？」

松明を受け取った将軍は、二つ目の船室に続く亀裂に目をやった。密閉されていた内部は珊瑚もそうはびこっておらず、海水に浸食された壁は簡単に壊せる。

隣の船室をのぞいた将軍は、一瞬、絶句した。

天井を見上げ、深い溜息をつく。

「万事休《ばんじ》すだ」

「え？」

これまでリーダーとして女たちを厳しく励《はげ》ましてきた将軍とは思えない言葉だった。女たちは先を争って隣室をのぞき——誰もが絶望の声をあげた。

「何でしょう、桜さん、行きましょう」

アルちゃんにせっつかれ、桜も松明を借りて隣室をのぞき込んだ。

照らされているのは、真っ白い、板？　いや、石？

巨大な石が桜の視界を塞《ふさ》いでいた。どれだけ壁を剝いでも剝いでも、立方体の大きな石しか見えない。

「リン鉱石《こうせき》ですね」

アルちゃんが囁いた。

「とても重要な資源で、昔から高値で取り引きされています」

これが高価だとか何とかはどうでもよかった。それより聞きたいのは。

「この石、壊せないの？」

「重機《じゅうき》があれば何とか。金属を持たない、たったこれだけの人数の女性たちでは、まあ不可能ですね」

桜はへなへなとその場に座り込んだ。

——やっと。

やっとここまで来たのに、もう先に進めない？

女たちは暗い顔のまま、船の外に出た。将軍は難しい顔でマストを見上げ、何か考え込んでいる。

「ヴィースの蔓はどれだけ持ってきた」

「漁網《ぎょもう》と壁修理用のものだけです」

「漁網はほどいてロープにしろ。少しの間、人間の体重に耐えられればそれでいい」

彼女の淡々とした声で、女たちの顔に希望が戻ってきた。

一度は絶望しそうになったが、将軍が何か思いついたらしい。きっとみんな、助かるんだ。

だが桜の耳に、アルちゃんが残酷なことを囁いた。

「彼女は今、苦渋の決断をしましたね。全員で生きる道を捨てたのです」

「……え?」

「この巨大な沈没船を越え、あちらの道へ降りられる身体能力のある女性は少ないでしょう。ロープの強度も全員分は無い。だからこそ彼女は、時間はかかっても船体に穴を開けて道を作ろうとしていたのですが、切り替えましたね」

つまり、たった今から、助かる命と助からない命の選別が始まる。

ロープに登る順番も大事だ。最初に登れば船の崩壊に巻き込まれて死ぬかもしれない。

だがロープが弱り切った頃につかまれば、落ちて死ぬ。

それでも女たちは船を越えるしか道は無い。ここで待っていてもどうせ溺れ死ぬのだ。

(私なら、ロープなしでも登れるかもしれない)

犬蛇の島の壁よりも突起は多い。海藻で滑るだろうが、ママの枝を突き立てて進めば何とかなりそうだ。登り切ったら、蔓でマリア婆ちゃんを引き上げ、背負って降りる。無茶だがやるしかない。

その時、桜の袖をそっと引くものがあった。

「おいで」

マリア婆ちゃんだった。

唇に指をあててみせ、桜を船尾の方へと導く。

「あっちも通れないよ？　最初に将軍が調べてた」

「いいからおいで」

船尾は珊瑚の塔が林立していた。折れたマストが重なり合って魚礁《ぎょしょう》になり、とても歩ける場所ではない。

だが、その珊瑚の陰に砂鉄と三月が待っていた。

暗い海に浮かんでいるのは——筏《いかだ》？

「桜。今から俺の話をよく聞いて」

三月が言った。真面目な顔だ。

「ここは水深が浅くて難破船の墓場みたいになってる。少し泳いで、まだ新しい別の船から木材を運んできた」

「泳いで？　でも、鮫が」

鮫よけの薬もあるにはあるが、大して効きはしない。一匹が逃げても別の鮫に食い殺されるのがおちだ。

「俺たちは鮫を退《しりぞ》ける方法を知ってるんだ」

「そうなの⁉　じゃあ、今からみんなを呼んで――」

「駄目だ、鮫よけも長くは効かない。この小さな筏で、必死に漕《こ》いで、沈没船の向こう側に渡る。それで精一杯」

「でも、筏をもっと作れば」

「桜。時間が無いんだ」

そう言った三月は、よく見るとずぶ濡れだった。

危険な夜の海を泳いで筏を運んだのは、彼なのか。

「俺一人じゃこの筏の材料を持ち帰るのが精一杯だった。砂鉄と二人でならもっと大型のも作れたけど、二人とも同時に鮫にやられたら、桜を守る奴がいなくなっちゃうからね」

星明かりを映す暗い海に浮かぶ、小さな筏。ヴィースの蔓でつないだだけの即席だ。どう見ても長くは保たない。

「スピード優先だからなるべく軽くしたい。余計な人間は乗せられない」

三月の目は、真っ直ぐにマリア婆ちゃんを見ていた。

まさか。

「……マリア婆ちゃんを、見捨てろっていうの」

「他に方法がない。本当は、こうして話してる時間さえ惜しい。この沈没船を超えたところで、また他の障害物があるかもしれない」

桜は一歩、後ずさった。

よろけながらマリア婆ちゃんを抱きしめる。

「だめ」

「桜」

「いや、婆ちゃんを置いていくなんて」

声が震えだした。

絶対に嫌だ。大事な友達を置き去りだなんて。

砂鉄が夜空に向かって煙草の煙を噴き上げた。

「まあ、錆丸の娘だ。こうなるこた分かってたよな、三月」

冷静に言いつつも、彼の目は星の動きを追っている。時間を計っているのだ。

三月は苦しそうに呟いた。

「ごめん、桜。俺は桜を助けるためなら、いくらでも他の人間を犠牲にできる」

「いや」

桜は涙の浮いた目で三月を睨みつけた。

マリア婆ちゃんを捨てていく人なんて、嫌いだ。伯父さんだなんて認めない。

砂鉄が呟いた。

「もう待てねえ、行くぞ。俺が桜を気絶させるか、それともお前がやるか」

そうながされ、三月は無言で桜に歩み寄ってきた。今までに見たことのない、怖い顔だ。

桜は身を翻《ひるがえ》し、マリア婆ちゃんの腕をつかんで逃げようとした。

だが、彼女が動こうとしない。

それどころか、軽い体で珊瑚に足を踏ん張り、その場に桜をとどめようとする。

「桜、こいつらと一緒に行くんだ！」

「マリア婆ちゃん！」

「こいつらが何を企《たくら》んでるか、あたしには分かってた。時間が足りなくなったら桜だけを連れて逃げる算段を最初から立ててたんだ」

「いや、そんなのいや！」

叫ぼうとした桜の口が大きな手に覆われた。三月だ。

「ごめん、桜。無理にでも連れて行く」

彼は暴れる桜をひょいっと抱え上げ、筏に運んだ。

桜は涙を流してマリア婆ちゃんに腕を伸ばしたが、彼女は桜の手を軽く握った後、懐に小さな包みを握らせた。いつも持ち歩いている、故郷から持ってきたという大事な万能薬だ。

「竜血《りゅうけつ》の粉だ、血止めに持っていきな。じゃあね、あたしの大事な友達」

「ううう っ、ううう っ！」

桜がどんなに暴れても、三月の拘束は決して緩まなかった。砂鉄が鋭く叱咤《しった》する。

「鮫は水音に敏感だ、無駄に刺激すんな！」

彼は桜の目の前に太い針のようなものを突きつけた。

「これでお前を大人しくさせることも出来る。だがいざという時は自力で泳いで欲しいから、それは止めておく。血は流してねえな？」

「ううっ、うううっ」

桜は必死で首を振った。マリア婆ちゃんの元に戻せという意思表示だったが、砂鉄がそれに構う様子は無い。

三月が答えた。

「桜が出血しないよう、マリア婆ちゃんが見張っててくれたよ」

「さすが年の功だな。血の匂いに敏感な鮫の海に俺たちが漕ぎ出すのを、最初から予想してたのか」

彼は懐から何かを取り出し、海にそっと入れた。アルちゃんが興味深そうに尋ねる。

「何ですか、その箱は」

「電池だ」

「電池？　ああ、鮫は鼻先にロレンチーニ器官があって、電流に弱いのでしたね。それにしても不格好な電池ですね、まさか手作りですか？」

「うっせえ、黙れ蜥蜴。鮫が近寄ってこねえか水音で確かめてんだ、テメェ一言も口をきくな」

もう桜は鮫などどうでもよかった。涙でぼやけて前が見えない。

即席の櫂《かい》で筏は静かに海に出た。段々とマリア婆ちゃんの姿が小さくなり、沈没船の形さえもあやふやになる。

耳元でアルちゃんが言った。

「桜さん、彼らの任務はあなたを守ること。非情なようですが仕方の無い選択です」

将軍が全員助かる道を諦めたように、砂鉄と三月も他の女たちを全て切り捨てた。

だが、それは仕方の無いこと？　仕方が無いって何？　大事な友達を捨てていくのが正しいの？

三月が背後から桜をぎゅっと抱きしめた。

「桜、お願い暴れないで。俺も泣きたくなる」

「——っ」

マリア婆ちゃんを見殺しにするくせに。なぜ、あなたが泣きたくなるの。

「桜を守る役割が俺と砂鉄の二人いるのは、どっちかが死んでもどっちか残ればいい、そんな選択をしたからだよ」

彼の柔らかい髪が、桜の濡れた頬に貼り付く。声には苦痛がにじんでいる。

「この海は本当に危険なんだ。いざとなったら、俺か砂鉄のどっちかがおとりになって海に入る。それでも、桜を守りたいんだ」

しゃくり上げる桜を見つめる彼の目は、真摯《しんし》だった。

自分が死んでも、桜を守る？　なぜ？　私の命にそれほどの意味があるの？　マリア婆ちゃんを捨てる価値があるの？

砂鉄がもう一度、冷たく言った。

「いいか、桜。いくら泣いてもわめいても構わねえが、それは後にしろ。お前はもう、死の海に漕《こ》ぎ出したんだよ」

その時、桜の髪の上でアルちゃんがピクリと震えた。

くるりと体勢を変えると、頭上まで登ってくる。

「……僕の目がおかしくなったのでしょうか、星が滑《すべ》ってくるのが見えます」

「ア？　何言ってんだ蜥蜴」

「いいからあなたも——あ、あなたは目がお悪いのでしたね。三月さん、あの方角で動く光、なんだと思います？　夜光虫《やこうちゅう》ではないですよね」

「光？」

三月は桜の肩から顔を上げ、怪訝《けげん》そうに言った。

「流れ星とか？」

「どうも違うようです、海上を水平移動しています。見えますか？」

その言葉に、泣きじゃくっていた桜もようやく目を開いた。

夜の海を水平に渡る光。

それは、もしや。

三月が呆然と呟いた。

「まさか」

同じ光を見つめていた桜も、まさか、と心の中で呟いた。

あれは、夜の海を渡るダウ船のランタンだ。

――誰かが、来る。

ランタンの灯りがゆらゆら揺れた。こちらに気づき、合図を送っている。

「おーい」

船首近くで、誰かが大きく手を振っていた。

月明かりもない海を滑るように進み、露出した岩礁を避けながら近づいてくる。素晴らしい操船《そうせん》技術だ。

船が筏に迫ってくると、船首の人影が桜にもはっきり見えるようになった。

細身の――あれも、男?

「おーい、砂鉄と三月の兄貴。やっぱここだったか」

名前を呼ばれた二人は、驚いた声で同時に言った。

「蜜蜂！」

蜜蜂《みつばち》と呼ばれたのは、若い男だった。

男の年齢はよく分からないが、桜《さくら》が彼を「若い」と感じたのは、砂鉄《さてつ》や三月《さんがつ》より体が小さいのと、その少し甘い声からだ。「少年」と分類される辺りだろう。

「突然、海が引き始めてクセールは大騒ぎさ。たぶん、兄貴たち二人ともここで立ち往生《おうじょう》してんじゃないかって思って、探しに来たんすよ」

彼が手で「戻れ」と合図すると、砂鉄と三月はすかさず筏《いかだ》を珊瑚《さんご》の岸に戻した。

転がるように筏を降りた桜は、マリア婆ちゃんに抱きついた。無言で抱きしめると、頭をぽんぽんと撫でられる。

「婆ちゃん、婆ちゃん……!」

「はいはい、泣き虫だねえ。それよりも、ありゃどこの船だい、一体」

蜜蜂と呼ばれた少年は甲板《かんぱん》から錨《いかり》を投げた。珊瑚の柱に引っかかり、その強度を確かめると、身軽に岸に飛び降りてくる。

小さなランタンを掲《かか》げる彼を、桜はまじまじと見つめた。

暗いのでよく分からないが、肌は浅黒く、髪と目は淡い色のようだ。頭に布を巻いているのは、島の女たちから聞いた「男だけが巻くやり方」のターバンだろう。簡素な服だが、首から提《さ》げた丸いペンダントが光っている。

彼の方も、興味津々《しんしん》という顔で桜を見ていた。

目が合うと、胸に軽く手をあててみせる。

「こんばんは」

薄く笑ったその顔は、糖蜜飴《とうみつあめ》を連想させた。蜜蜂という名前から、そう思ったのかもしれない。

「……こんばんは」

いつの間にか桜の涙は引っ込んでいた。

彼はさっき、砂鉄と三月を探しに来たと言っていた。この船ならマリア婆ちゃんだって乗れるだろう。安全に海を越えられるはずだ。

「蜜蜂くんが、俺たちを探しに？　わざわざ？」

三月がにっこり微笑んだ。

それを見た桜は、この蜜蜂という少年が何者かは分からないが、三月と蜜蜂は親しいのだろう。そう感じた。

だが耳元でアルちゃんが囁いた。

「三月さんのあの笑顔が出た時はまずいですよ。いっさい、蜜蜂という少年を信用していないようです」

「そうなの？」

「彼は桜さんには優しいですが、あだ名は狂犬だったのですよ。分かりやすく怖い砂鉄さんより、ある意味で『ヤバい』です。庶民の言葉で説明するならね」

そう言われても、桜は犬を知らなかった。ましてや狂った犬がどんなものかなど想像もつかない。噛まれると危険だという知識しかない。

「砂鉄さんと三月さんが犬蛇《けんじゃ》の島に行くのは極秘だったはずです。だが蜜蜂はそれを知っている。おそらく、犬蛇の小舟に二人を乗せる手配をしたのが彼でしょう」

はー、と桜は感心した。

それが当たっているかどうかは分からないが、出会ったばかりの人間を観察し、ここまで推測できるものなのか。アルちゃんはアルベルト王子だった前世、いったいどんな人だったのだろう。

「三月さんが蜜蜂くんを警戒しているのは、ピンチの時に都合良く現れた彼を疑っているからでしょうね。それは砂鉄さんも同じです」

砂鉄の方は蜜蜂が来てから一言も無かった。新しい煙草をくわえ、マッチで火をつけている。どちらも貴重品なのに、彼は実に贅沢《ぜいたく》に消費する。

蜜蜂は自分の船を振り返った。

「今晩は海流がいつもとまるで違っててさ、間に合ってよかった。今すぐ出発すれば、満ち潮《みしお》に乗ってクセールに戻れるぜ」

「いくらだ」

砂鉄が聞くと、蜜蜂はすかさず答えた。

「十五万スタディオン」

「ふっかけるな、ずいぶん」

「でも、このままじゃみんな死ぬでしょ。兄貴たちも、その女の子も」

彼は首から提げた丸いペンダントのようなものを、軽く振って見せた。

「命は金に換算できるぜ。俺はこれまでの経験上、四人乗せるならこの値段だと計算しただけ」

——四人。

今、彼は四人を乗せると言った。

砂鉄と三月と桜とマリア婆ちゃん。彼はこの場にいた老女も「計算」に入れている。

桜の胸は期待で弾《はず》んだ。だが、その喜びは一瞬でかき消される。

蜜蜂がふと、沈没船の前方へ目をやった。

「何か騒がしいな。もしかして、他にも人がいんの？」

将軍たちがヴィースの蔓《つる》で沈没船を登っているのだ。

何人が無事に船を越えられるだろう。何人が生き残るだろう。

蜜蜂には誰も返事をしなかったが、彼はすぐに悟《さと》ったようだ。

「ああ、まさか他の罪人たちか。兄貴たちが島から出る時、勝手について来たんだろ？」

やはり誰も答えない。自分たちは今から、彼女たちを見捨てて四人だけで蜜蜂の船に乗ろうという交渉をしているのだ。

それは、本当に正しいことなのか？

ふいに、耳元でアルちゃんが囁いた。

「桜さん。あなたの本当の望みは何ですか」

なぜ、彼がいきなりそんなことを聞いたのか分からなかった。

なぜ、彼が桜の心を読めたのかも分からなかった。

だが返事は一つだけだ。

「みんなで助かりたい。誰も死なせたくない」

「やはり錆丸《さびまる》くんの娘ですね、あなたは。同じ判断をする」

錆丸。

私のお父さん。

いまアルちゃんは、錆丸なら同じ判断をするだろうと言った。私は間違ってない。

「では桜さん、物々交換しか出来ない島で育ち、生来が素直なあなたに、交渉とは何たるかを教えてさしあげます。まず、髪飾りに手を入れてみて下さい」

「髪飾り?」

「急いで。時間はありません」

ぼそぼそしゃべっていると、マリア婆ちゃんが桜を見上げてしっかりとうなずいた。彼女は、ついさっきまで気味悪がっていた蜥蜴《とかげ》に従えと言っているようだ。

わけが分からないまま、桜は自分の髪飾りを探ってみた。常にアルちゃんが居座っている辺りに、何か入っている。

手にしてみると、丸い金属だった。妙な模様が彫《ほ》ってあり、錆《さ》び付いている。

「先ほど沈没船の水密《すいみつ》区画で見つけました、スペイン・ブルボン朝時代の銀貨です。考古学的な価値はあれど、貴金属としては廉価《れんか》でしょうね。ですが、あなたは今からこの銀貨一枚で蜜蜂くんを騙《だま》すのです」

銀貨という存在は聞いたことがあった。通貨の一種らしいが、マリア婆ちゃんに何度説明されても桜には「金《かね》」というものの意味がよく分からない。金属を加工して使うのではなく、食料や布と交換でき、通貨の価値は国が保証するのだという。国、というものさえ想像できない桜にはちんぷんかんぷんだ。

だが、これで蜜蜂を騙す?

桜は小さく唾《つば》を飲み、砂鉄と三月と交渉する蜜蜂へと一歩踏み出した。

もう一度息を吸い、心を落ち着けてから蜜蜂に銀貨を差し出す。

「これ、沈没船で見つけたの」

彼は軽く目を見開くと、あまり興味が無さそうに答えた。

「へえ、古物商《こぶつしょう》になら売れっかもね。小さな瑪瑙粒《めのうつぶ》か、カップ一杯の肉桂《シナモン》ぐらいの価値ならあんじゃねえの」

彼はすぐに砂鉄と三月に顔を戻したが、桜はそこに割り込んだ。

「あのね、これ一枚であなたの船に乗せて欲しいの。私たち四人だけでなく、あっちにいる女の人も全部」

「は？」

蜜蜂は呆れたように顔をしかめた。

砂鉄と三月も、桜がいきなり何を言い出すのかと驚いている顔だ。

だが二人ともすぐに、桜の髪に留まるアルちゃんに気がついた。マリア婆ちゃんが、砂鉄と三月に向かって唇に指を当ててみせる。蜜蜂には見えない角度でだ。

「あのね、お嬢さん。俺は今、十五万スタディオンの交渉してんの。この銀貨、せいぜい五百ってとこだぜ」

「でも、これで全員乗せて欲しいの。あっちにまだ、百人近くいるから」

「馬鹿か！　俺の船は二十人が限度だ。どうしろっつうんだよ」

「クセールの港までででなくていい、沈没船を越えるだけでいいの。五往復すれば運べるでしょう？」

交渉は冷静に、とアルちゃんから言われていたが、どうしても桜の声には必死さがにじんでしまった。蜜蜂が肩をすくめる。

「百万もらっても無理。それじゃ俺が港まで戻れなくなる」

「ど、どうして？」

「海流がいつもと変わってんだよ。今、あんたたち四人だけ乗せて出港すれば、無事に港に着けるだろう。でも五往復もしてたんじゃ、満潮《まんちょう》の渦《うず》に巻き込まれる。下手すりゃ岩礁《がんしょう》に叩きつけられて、こっちが沈没船になるな」

「じゃあ、五往復した後、あなたは船を捨てればいいよ。そして一緒に海の道を歩いてクセールに行こう」

桜の要求に、蜜蜂は今度こそ呆れかえった顔になった。大げさに溜息をつく。

「ねえ兄貴たち、この子なんなの？　ちょっと頭イカれてんじゃ？」

その言葉に三月がピクリと反応したが、砂鉄がとっさに彼を抑える。

桜は構わずに続けた。

「え、えとね、正確には銀貨一枚で五往復して欲しいんじゃなくて、この銀貨の存在を黙っている引き換えに五往復して欲しいの」

アルちゃんが耳元で囁き続ける言葉を桜がたどたどしく伝えると、一瞬、蜜蜂の動きが止まった。

じっと桜の目を見ている。

「あなたが夜の海にたった一人で船を出したのは、砂鉄と三月を迎えに来たんじゃないよね。沈没船の宝を盗むためだよね」

「――」

「こんな古風でエンジンもサーチライトも無い船、沿岸から見つからないためでしょ？　あなたは沈没船の存在だけは知っていた。海が干上《ひあ》がって、こっそり一人でここに来たら、私たちと鉢合《はちあ》わせしてしまった」

エンジンもサーチライトも何だか全く分からない。だが蜜蜂の顔色が変わったのを見て、段々と桜の口も回るようになってくる。

それでも、蜜蜂はすぐに元の微笑みを取り戻した。困ったな、みたいな顔で首を軽くかしげる。

「ばれちゃ仕方ねえか。でも、宝のついでにあんたら四人を乗せてやってもいいってのは本当だぜ。十五万でね」

「でも、私たちを港に運んだら、私は沈没船の宝のことをみんなに話して回るよ。それをあなたが盗んだことも」

「……宝は見つけたもん勝ち、盗んだもん勝ち。そういう決まりだろ」

「いいえ、決まりではありません」

ついついアルちゃんの口調そのままになってしまったが、桜は熱に浮かされたようにしゃべり続けた。

「沈没船の財宝は発見者、もしくは船舶《せんぱく》の所有者に権利があります。場合によっては保険会社です。船舶所有者が確定できない場合は発見者に大部分が行きますが、それはどの国の領海に船が沈んでいたかで変わりますね」

蜜蜂は黙り込んで、じっと桜を睨んでいた。

これまで「大人」の砂鉄や三月と交渉していたのに、あなどっていた少女の桜がいきなりペラペラ話し出して衝撃を受けているようだ。

「この場合、沈没船の発見者は僕たちです。そして船長室では船長日誌も見つけました。詳しく調べれば船の所有者も分かるでしょう。いいですか、あなたに宝の権利なんて全く無いのですよ蜜蜂くん」

船長室をのぞく余裕など無かった。だがアルちゃんが当たり前のようにそう言うので、桜も自信を持って嘘をつけた。

「この海の色や気温、あなたの服装から察するに、戒律《かいりつ》の厳しいお国柄ではありませんか？首から提げているのは商人の証《あかし》の円形計算尺。盗みは斬手《ざんしゅ》というところでしょうかね」

「……俺が宝を狙ってたのをばらすってなら、あんたたち四人をここに置いてくだけだ。一人で港に戻る」

「そんなことが出来ると思いますか？　あなたの前に立っている男性二人は凄腕《すごうで》の傭兵《ようへい》なのでですよ。あなたが操船《そうせん》できる程度に痛めつけて船を出させるなんて朝飯前です」

蜜蜂は砂鉄と三月をちらりと見た。何とか抵抗を口にしたものの、自分でも分かっていたのだろう。

「五往復して全員を沈没船の向こう側まで送る、あなたは船を捨てる、そして一緒に港まで歩き続ける。あなたに残る選択肢はこれだけです。港に着いても沈没船の場所だけは黙っていてあげますから、落ち着いたらまたゆっくり宝を探しに来て下さい。以上」

蜜蜂は肩を落としてぷるぷる震えていたが、いきなりガバッと顔を上げた。桜を怒鳴りつける。

「あーもー、分かったよ、俺の負けだ！　いったい何なんだよあんたは！」

桜はきょとんと目を見開いた。

アルちゃんはすでに沈黙しているので、自分の言葉で答える。

「桜っていうの。よろしくね」

桜が蜜蜂の船のことを知らせに走ると、女たちはわっと喜んだ。

やはりヴィースの蔓の強度が足りずに四苦八苦していたようで、将軍以外、誰一人として沈没船に登攀《とうはん》出来なかったそうだ。彼女たちは蜜蜂の船の前に集まってきた。

「迎えの船を用意していたとはな」

目を見張る将軍に、三月はへらへら笑ってみせた。

「万が一に備えてねー。海底が露出するのは分かってたんだけど、途中で途切れたり障害物があるかもって予測してたから」

適当なことを言う三月に、将軍はうろんそうな目を向けた。

「お前たちだけで逃げればよかっただろう。なぜ、我々まで助けようとする」

すると、三月はうっすら笑った。

「桜が、みんな一緒じゃなきゃ嫌だって言うから」

彼の表情を見て、将軍はさらに不審そうな顔になった。今度は砂鉄の方を向く。

「お前たちがそこまで甘いとは、到底《とうてい》思えないのだが」

「しょうがねえよ」

軽く煙を噴き上げ、砂鉄は淡々と答えた。

「甘ったれの意地っ張りだろうってのは桜に会う前から予想してた。こいつが死にそうなら気絶させてでも俺たちだけで逃げたが、何とか全員、助かる道も見えたんでな」

「ふん。街に着いた時の盾代《たて》わりに我々も連れてきたと思っていたが、蝶《ちょう》の娘のおかげで慈悲《じひ》をかけられたか」

街に着いた時の盾代わり？

どういうことだろう。桜は将軍に聞いてみたかったが、未だにこの人は少し怖い。

後で砂鉄か三月に尋ねようかとも思ったが、さっきマリア婆ちゃんを見捨てようとした二人に対し、まだ桜はわだかまりがあった。

島の生き物たちは食べて食べられて生き、そして死んだ。その死体がまた他の動物や虫に食べられ、植物を育て、命は循環している。

人間だって動物だ。誰かが生きて、また誰かが死ぬ。それは当たり前のことだ。

マリア婆ちゃんは見捨てろと、砂鉄も三月もアルちゃんも、婆ちゃん本人でさえ言った。それが自然界の掟《おきて》でもあるかのように。

だが、桜はそれに抵抗することは出来る。

死なないでと叫ぶことも出来る。

背負った弓矢に無意識に触れていた。

ママの樹で作った矢尻《やじり》。これがいずれ、何かの役に立つだろうか。

「もういいぞ」

それまでふてくされた顔で船の準備をしていた蜜蜂が、甲板から女たちに声をかけた。

「さっさと乗れよ、こっちは五回も往復しなきゃなんねえんだから」

そう言いつつも彼は素早く女たちを見回すと、まずはあんたとあんた、と最初に乗り込む組を選び出した。

「ああ、弱った者を優先するだけではなく、体重でも分けてるのですね。積み荷の重さが均等になるよう、目だけで判断する。彼はあの若さでなかなかの船乗りのようです」

蜜蜂はブツブツ文句を言い続けていたが、仕事は速かった。

海面から林立する珊瑚を器用に避け、船首のランタンだけを頼りに沈没船を大回りし、あちら側に女たちを次々と運ぶ。

桜たちは五回目の船に乗った。

暗い海面をのぞき込んだ蜜蜂が舌打ちし、深い溜息をつく。

「駄目だな、これで最後だ。マジで船捨てなきゃ」

「そうなの？」

「舷側《げんそく》に亀裂が入った。こんな浅い岩礁だらけの海を何度も往復すりゃ当たり前だけどな」

とたんに船底からギシッと嫌な音がした。船がわずかに傾く。

蜜蜂が甲板の女たちを振り返った。

「全員、右側に寄れ！」

すぐさま従った彼女たちは、動き回るのを禁止された。船底からどんどん海水が浸入してくるらしく、おかしな音が響いている。

「鮫《さめ》、いるねえ」

船首のランタンを反射する海面を見つめ、三月が呟いた。

「それも、すげえいっぱい」

独り言のようだった。

だが桜はそれで、この夜の海を三月が泳ぎ、筏の木材を運んできたことを思い出した。桜を救うためなら自分か砂鉄のどちらかが死んでいいとも言っていた。

三月は命の選択をしている。傭兵だという彼にとって、それは当たり前のことなのだ。

船の傾きは少しずつ増していった。

船体に鮫が体当たりする音が聞こえる。船底に溜まった海水を必死に掻《か》き出し、船は何とか沈没船の向こう側に着岸した。

桜たちを待っていた将軍が言う。

「先発はすでに進んでいる。我々も行くぞ」

百四人の女と、三人の男は再び、珊瑚の道を黙々と歩き出した。

さっきまでは広かった道がどんどん狭くなっていく。潮が満ちているのだ。

星空がゆっくりと頭上で回る。夜の海にうっすら、天の河が反射する。

かなりの早足で進んだが、やはり足の遅い者、弱い者が遅れ始めた。列が伸びるたびに将軍が叱咤《しった》するが、そもそもの強行軍に加え、沈没船を破壊しようとして体力を使い切っている。そろそろ倒れる者も出そうだ。

砂鉄と三月は、桜の少し前を進んでいる。桜がわだかまりを感じているのを知り、あちらからは話しかけてこないようだ。それには、わずかな罪悪感を覚えた。

蜜蜂はもう文句を言う気力も無いらしく、桜とマリア婆ちゃんと並んで歩いている。どうも砂鉄と三月をひどく警戒しているらしく、こちらも距離を取りたいらしい。

アルちゃんが、桜の髪の上でもぞっと動いた。

「あ」

忘れていた。夜は懐《ふところ》に入れてあげなければ、彼には寒いはずだ。

桜がアルちゃんに指を伸ばすと、彼は緩慢《かんまん》な動作で乗ってきた。やはり、すでに動きが鈍《にぶ》っている。

蜜蜂が驚いた顔で言った。

「え、それ生きてんの」

「うん。ペットのアルちゃん」

「マジかよ。蜥蜴の髪飾りなんて変わってるって思ってたけど」

変な女だな、という顔で見られたが、蜥蜴が髪に留まっているのはそんなにおかしなことなのだろうか。

それより桜は、マリア婆ちゃんが気になった。

隣で気丈に歩き続けているが、小柄な彼女は歩幅も狭い。ちょっとした段差を越えるだけでも、彼女には山登りだ。

桜はマリア婆ちゃんに言った。

「おんぶしようか？」

「まだ大丈夫だよ、足腰は丈夫だもの」

「でも」

「いざとなったら男に背負ってもらうよ、三人もいるんだしね」

彼女の返事に、蜜蜂が思い切り顔をしかめた。

「俺はお断りだからな、婆ちゃん」

するとマリア婆ちゃんは、前を行く砂鉄と三月の背中を顎で指した。

「ほんとは大人二人のどっちかがいいんだよ、黒髪と赤毛、どっちも色男だ。だけどあいつらは桜の荷物を運んでるからねえ」

「だからって俺かよ！」

彼の声は悲痛だった。

「あの船は借り物なんだぞ、補償金いくら払うと思ってんだ。しかもお宝は見ることさえ許されず、ナマコや亀を踏みながらひたすら歩いて、あげく婆ちゃんが俺におんぶしろとか言い出す。どんな厄日《やくび》だよ」

桜には「補償金」が何だか知らなかったが、彼が街に戻ってからのことを心配しているのは分かった。

「ああ、マジ困る……また別の船借りて、沈没船に潜《もぐ》って、銀貨を回収して補償金にあてて……」

彼はさっき、せめて沈没船の宝を確認したいと主張したのだが、砂鉄の「先を急ぐ」だけで一蹴《いっしゅう》された。なので、沈没船の宝がリン鉱石《こうせき》であるとは知らない。多分、潜って回収するのは無理だろう。

桜はふと、さっき将軍が言っていた「街に戻った時の盾代わり」という言葉を思い出した。つまり将軍は、無事に港に戻れたとしても危険があると思っている。もしかして蜜蜂ならその意味が分かるだろうか。

「ねえ、クセールの港街って危険なの？」

そう尋ねると、蜜蜂は肩をすくめた。

「世界中のお宝が行き交う貿易港だぞ、利権を守るためにめっちゃ憲兵《けんぺい》がいる。治安はいいさ」

「でも、将軍がさっき、街に着いたら危険だって言ってたよ」

すると蜜蜂は呆れたように言った。

「あったり前だろ、そんな治安の良い街に、いきなり女の流刑者《るけいしゃ》が百人以上も上陸しようとしてんだぞ。全員とっ捕まって処刑されて終わりさ」

「あ」

忘れていた。

自分たちは「罪人」だった。無事に島を脱出できればいいとだけ考えていたが、街に着いてからの方が問題なのだ。

「あんたはあの砂鉄と三月っていうおっかない兄貴たちが助けるだろうさ。混乱に乗じて逃げるだろ。でも他の女たちはどうだろな」

「……でも、将軍はとても強いし、百人もいるし」

「たった百人、それも女だろ？　いくら将軍って女一人が強いからって、憲兵の相手になるもんか。しかも、クセールの執政官《しっせいかん》は『蒼眼《そうがん》』だぞ」

——蒼眼。

桜はその言葉の意味を知っていた。

聞きかじりではなく、実際に島にいたからだ。

「目のとっても青い人たちだね」

「気味悪《わり》ぃよ。自分たちで蒼眼の一族とか名乗ってるけど、街じゃこそこそと邪眼《じゃがん》って呼んでるさ」

蒼眼と呼ばれる人々は、驚くほどに青い瞳を持っている。空や海の色とは全く違い、熱帯魚の鱗《うろこ》のようだ。

最大の特徴は、彼らに瞳孔《どうこう》や虹彩《こうさい》が一切無いことだ。瞳は全て、のっぺりした底光りする青で覆われている。

だがこの奇妙な瞳は恐るべき力を秘めている。

彼らに見つめられると、誰もが命令に従ってしまう。自分の意思を奪われたかのように、ふらふらと操られてしまうのだ。

なので、蒼眼は軍隊の指揮官に最適と言われているらしい。蒼眼の目を見るだけで誰もが忠実な兵士となり、自《みずか》らの命も顧《かえり》みず果敢に戦う。恐れを知らぬ最強の軍隊の出来上がりだ。

桜の懐でアルちゃんがもぞもぞと動いた。彼は蒼眼が何なのか聞きたいらしいが、さっきと違ってすぐ隣に蜜蜂がいるので顔を出せないようだ。

桜はアルちゃんにも聞こえるよう、はっきりと言った。

「でも、犬蛇の島にいた蒼眼の人は怖くなかったよ」

「えっ、蒼眼の女でも島流しになることあんの⁉　あいつらの一族で権力握りしめてんのに」

「だいぶ前だけど、今までに五人ぐらい来たよ。みんな死んじゃったけど」

「そんなにかよ。っかしいな、犬蛇の小舟に乗せられる女のリスト、ここ数年のは全部把握してんだけどな」

不思議がる蜜蜂に、マリア婆ちゃんが言った。

「島に流された蒼眼の女はみんな、一族に逆らった者ばかりなんだよ。だから極秘扱いだったんだろ」

「そうか。まあ罪人とはいえ蒼眼様を、死病の船頭に送らせるわけにもいかねえしな。ま、どっちにしろ早死にする一族だけど」

蒼眼は寿命が短いと言われている。

彼らはみな美しく、知能が高く、身体能力にも優《すぐ》れている。さらに人を操る能力まである。だが彼らは二十歳前後で成長を止め、二十五ほどで死ぬ。

若く美しいままで死ねることを彼らは最大の栄光だと考えているそうで、醜《みにく》く老いる一般の人々を蔑《さげす》んでいる。老いは病気だと彼らは認識しているらしい。

だが、島に来た蒼眼の女はみな静かな目をしていた。

権力を握り、横暴《おうぼう》に振る舞う親族を諌《いさ》めた女。生娘《きむすめ》を集めては陵辱《りょうじょく》する夫を止めた女。蒼眼の力そのものが罪だと説《と》いた女。彼女たちはそんな過去の持ち主だった。

島に来た蒼眼の女たちは五人とも、その力を使うことは一度も無かった。他の女たちと同じように働き、分け与えられた食料と水で生きていた。そして最後は、穏やかな顔で死んだ。

だから桜は蒼眼に悪い印象を持っていない。ただの聡明《そうめい》で美しい人たちだ。

蜜蜂が言うように、彼らが「邪眼」とも呼ばれていることは桜も知っていた。最初に蒼眼の女が島に来た時、誰もがひどく怯《おび》えて恐慌をきたしたからだ。

だが最初の蒼眼の女が全く力を使わず、その知恵で島の暮らしを助けたため、少しずつ蒼眼への印象も変わっていった。島ではむしろ尊敬の対象だった。

桜がそれを話すと、蜜蜂は信じられない、という顔になった。

「蒼眼にそんな奴がいんのか……まあ、だからこそ罪人として島送りになったんだろうけどよ」

「私は、とても綺麗な目だと思ったよ。マリア婆ちゃんも、硫化水素《りゅうかすいそ》の湖みたいって言ってた」

「りゅうかすいそ？　何だそりゃ」

するとマリア婆ちゃんが説明してくれた。

「あたしは若い頃に世界のあちこち回ってね。硫化水素が溶け出した毒の湖を見た。信じられないぐらい青くて綺麗だったよ」

すると蜜蜂は皮肉そうに肩をすくめた。

「信じられないぐらい綺麗な毒の瞳か。全く、蒼眼そのものじゃねえか」

しゃべりながら歩く三人を、三月がちらりと振り返った。遅れていないことだけを確認し、また前を行く。

マリア婆ちゃんが小さく笑った。

「伯父さんとしちゃあ、気になるだろうね」

「何が？」

「何でもないよ、こっちの話さ」

そう言った彼女が突然、前のめりに倒れた。

「婆ちゃん！」

打ち上げられた海蛇《うみへび》を踏んで滑《すべ》ったらしい。蜜蜂が猛毒の海蛇を慌てて蹴《け》り飛ばし、桜はマリア婆ちゃんを助け起こした。

「大丈夫？」

「いたた……転んだだけだよ」

「嘘、もう足が上がってないじゃない」

桜は彼女の前でしゃがんだ。

「背中に乗って。運ぶから」

「無理だよ、桜。あんたも体は小さいんだ」

「でも」

マリア婆ちゃんは桜の腕をぐいっとつかんで立たせると、蜜蜂を見上げて笑った。

「小僧。よろしく」

「……それが人にものを頼む態度かよ」

もの凄《すご》く嫌そうな顔になった蜜蜂に、マリア婆ちゃんは小腰をかがめて膝を折り、軽く礼をした。転んだばかりとは思えない動きだ。

「頼むよ、少年。あの兄さんら二人ほどじゃないが、あんたも将来有望だよ。きっと色男に育つよ」

「お世辞ひとつで無茶言いやがって。くそっ、クセールに着いたら、兄貴たちに十五万じゃなくて三十万ふっかけてやるからな」

ブツブツ言ったものの、蜜蜂は案外素直にマリア婆ちゃんを背負ってくれた。軽っ、と呟いているので、桜は驚く。

マリア婆ちゃんが軽い？

確かに島の女の中では最軽量だろうが、桜が背負えばそれなりに負荷《ふか》はかかった。運ぶと申し出はしたものの、きっと大変な道のりになるだろうと覚悟していた。

それなのに、蜜蜂にとってマリア婆ちゃんは軽いのか。男は女より遙かに力が強いという話は本当らしい。

蛇つかい座が海に沈む。

もう、夜明けまで間もない。

前方から将軍の号令が伝わってきた。

「ここからは走るぞ！」

疲れ切り、怪我人も続出し、足下がふらついて海に落ちる者まで出てきた。

それでも進まなければ、全員が溺《おぼ》れる。もう、珊瑚礁《さんごしょう》の道の幅はほとんど無い。

必死に走る桜を、三月が一度だけ振り返った。

「おんぶしようか」

一瞬、桜は迷った。

蜜蜂にとってマリア婆ちゃんが大した荷物ではないように、三月にとっては桜も軽いものなのだろう。すでにママの枝や水をたくさん担《かつ》いでいるにしても。

だが、ここで彼に頼るのは何かが違う気がした。

なぜなら、自分はまだ走れる。

この足で進むことが出来る。

「大丈夫！」

女たちは駆け続けた。

真っ黒い海に沈みゆく星座たち。東の空には赤く細い三日月。夜明けはすぐだ。

桜は何度も転んだが、そのたびに立ち上がって進んだ。たくさんの魚を踏み、ひっくり返った海亀につまずき、小型の鮫を蹴っ飛ばした。島ではご馳走《ちそう》だったものが無造作に転がっているというのに、見向きも出来ない。手足は傷だらけだ。

水はもう尽きていた。革袋を投げ捨てて走る。喉はカラカラで舌が上顎《うわあご》に貼り付く。心臓が破れそうだ。

だが絶望にはまだ早い。砂鉄も三月も将軍も、この辺りの海に詳しい蜜蜂も「間に合う」と判断したのだ。だからこうして全員で走っている。きっと大丈夫だ。

左右から海が迫ってくる。女たちの傷口から流れた血に、鮫が寄ってくる。

前方で砂鉄と三月が何か話している。二人はちらりと桜を振り返った。

このまま桜を担いで、自分たちだけ先に走ろうか。きっとそんな相談だ。

そして彼らがそう考えるのは、桜の足が遅いからだ。震える膝を叱咤しながら、泥のように重たい体を前に進める。

それでも、限界が近いのは分かった。島で何日も食料が無い日が続き、体に全く力が入らなかったことを思い出した。もう、海水は足首まで来ている。

その時、前方から歓声が聞こえた。

「クセールの港が見えた！」


桜は自分の目に映る光景に目を丸くした。

港に並べられた大きなかがり火が街の姿を照らし、夜の海をきらめかせている。

何だ、あの巨大な建物は。日干しレンガがあんなに積み上げられるものなのか。

何だ、あの恐ろしく高い塔は。雲まで届くつもりだろうか。

そしてあの港。沈没船と同じぐらい大きな船がずらりと並び、桟橋《さんばし》は石で出来ている。そんな場合ではないのに、桜はクセールの立派さに驚くばかりだった。時々蜃気楼《しんきろう》に浮かぶ姿から想像していた「街《つ》」より遙かに大きい。

腰まで海水に浸かりながら、女たちは進んだ。

死に物狂いの罪人たちの行列を、港の岸壁から何人もの憲兵が見下ろしている。みんな立派な鎧《よろい》と武器を持っており、その全てが——男だ。

先頭の将軍が桟橋にたどり着いた。

側壁に掘られた貝殻《かいがら》だらけの階段を、ぜいぜいと息をつきながら登る。彼女は剣を杖《つえ》にし、今にも倒れそうだったが、目は爛々《らんらん》と港の兵士たちを睨んでいた。

全ての女たちが上陸するまで、憲兵はじっと見守っていた。誰も手を出そうとはしないが、港の広場は五十人ほどで完全に固められており、全ての道は封鎖されている。女の罪人を一人たりとも逃すまいとしているようだ。

最後に砂鉄と三月、蜜蜂、マリア婆ちゃん、桜が桟橋に登ると、憲兵たちは一斉に剣を抜いた。

蜜蜂が肩で息をしながら、掠《かす》れた声で言う。

「やべえ……やべえよ、これ。俺も罪人じゃん」

それまで桜の懐にいたアルちゃんが、ちょろりと出てきて髪に留まった。

クセールの港街を見つめて感嘆の溜息を漏らすと、蜜蜂に聞こえないよう小声で言う。

「やあ、これは見事な円城《えんじょう》都市ですね。千夜一夜物語《アラビアン・ナイト》そのままですが、この港は昔の帆船の展示会場なのですか？　それに、あの憲兵たちは一体なんですか？」

「何って？」

桜が聞き返すと、アルちゃんはもぞもぞと体を動かした。疑問形を表しているようだ。

「兵士の装備が前近代的《ぜんきんだいてき》なのですよ。なぜ、誰も銃を持ってないのです。しかもあの古風な鎧に剣は、まるで歴史映画のエキストラではないですか」

彼が何を言っているのかよく分からなかったが、いま重要なのは憲兵の格好ではなく、自分たちが囲まれて絶体絶命だということだ。

憲兵の長《おさ》らしき男が進み出てきた。

「罪人の雌《めす》どもよ、そして脱走に関わったと思われる男三人よ。素直に降参すればひと思いに八つ裂きにしてやる。抵抗すれば十日間、生かしたまま少しずつ体を切り刻む。選べ」

隣で蜜蜂が、ひと思いに八つ裂きが温情《おんじょう》かよ、と呟いた。

砂鉄と三月が、将軍を挟んで立った。小声で素早く会話する。

「一点突破しかねえな」

「承知。私がなんとしても道を切り開く」

「左右は俺と砂鉄で守る。まだ戦えそうな女の子選んで、両脇に配置して。武器は奪って渡す」

それを聞いた蜜蜂が、驚いた顔で呟いた。

「え、兄貴たちだけで逃げねえの」

そうだ、彼は「港に着いたら砂鉄と三月は混乱に乗じ、桜だけを連れて逃げるだろう」と言っていた。蜜蜂もそれにくっついていくつもりだったのだろう。

だが、二人とも女たちと一緒に囲みを破ろうとしている。

つまり彼らはまだ、桜だけを守るという選択をしていない。何人生き残るかは分からないが、ここで戦う気でいる。

将軍の指示で、女たちはじりじりと配置を変えた。

もう戦える力など残っていない。全員、ここで死ぬかもしれない。

だが、私たちは死の海を越えてきた。自由を求めてここへ来た。最後の血の一滴まで戦う。

そんな声が、桜には聞こえる。

犬蛇の島の女は、最後まで男に抵抗したからこそ島流しになった。奴隷として生きることも拒《こば》んだ。その誇り高き魂は、まだ死んではいないのだ。

三月が桜を振り返った。

「絶対に俺から離れないで」

桜は深くうなずいた。女たちと一緒に戦うという選択をしてくれた彼と砂鉄に、自分も応《こた》えなければならない。

さらに、三月は蜜蜂にも言った。

「蜜蜂はマリア婆ちゃんを守ってね」

「えっ」

「武器はすぐに奪って渡すから」

「ちょ、ちょっと待ってよ、俺はただの商人で、戦ったことなんて」

「頑張って。お婆ちゃん死んだら桜が泣くでしょ、桜が泣いたら俺が君を殺すよ」

三月はにこりと笑ったが、目は真剣だった。蜜蜂が一歩後ずさり、マジ、と呟いている。

桜は弓に矢をつがえた。

三月にどんぐりみたいと言われたママの樹の矢尻はつけず、尖らせた矢軸《やじく》だけだ。あの丈夫そうな鎧には通用しないだろうが、顔や腕を狙えば怪我ぐらいは負わせられる。毎日訓練していたから弓の腕には自信がある。

細い三日月が傾き、東の空が薄明るくなってきた。

そして、ひときわ輝く明るい星が姿を現す。


金星だ。


夕暮れに見た一番星が、今は明けの明星として昇ってくる。

「行くぞ！」

将軍が雄叫《おたけ》びをあげて憲兵の壁に斬りかかっていった。

同時に飛び出した砂鉄がかがり火を蹴倒《けたお》し、周囲の敵を倒しながらまた別のかがり火を倒す。

三月は真っ先に憲兵隊長に飛びかかって瞬殺《しゅんさつ》し、剣を奪って蜜蜂へと投げた。

だが桜がそれを見ていたわけではなく、耳元でアルちゃんが実況してくれたから分かっただけだ。桜は必死で矢をつがえては、近くに来る憲兵に射《い》かけ続けた。

「桜さん、後ろ！」

アルちゃんは桜の背後に気を配り、敵の場所を教えてくれた。背中にも目がついているようなもので、桜の身軽さと組み合わさり、敵はなかなか近づけない。

蜜蜂は三月から渡された剣で善戦《ぜんせん》していた。ブツブツ言いつつもマリア婆ちゃんを背中にかばい、なるべく将軍から離れないよう位置取りしている。

港を固めていた憲兵はあっという間に数を減らし出した。

そのほとんどが砂鉄と三月にやられたもので、武器を次々と奪っては犬の女たちに投げるので戦力差がどんどん埋《う》まるのだ。蛇の女たちもかがり火の燃料である椰子油《やしあぶら》の樽《たる》を転がしたり、壁によじ登って屋上から石を落としたりと頑張っていた。中には海で拾った海蛇で憲兵を威嚇《いかく》している者もいる。

「いや、砂鉄さんと三月さんはさすがですが、将軍含め女性たちも大層《たいそう》強いです。男女の筋力差をものともせず、技術で埋めている。将軍はまるで、この日の来ることが分かって女性たちを訓練していたかのようですね」

——この日のために、将軍は女たちを鍛《きた》えていた。

桜は矢を射続けながら、そうかもしれない、と思った。

この日のために、犬蛇の女たちは訓練を続けてきたのだ。

(行ける)

全員で囲みを抜けられそうだ、桜がそんな希望を抱いた瞬間だった。

円城都市の大きな門が開き、新手の軍隊が現れた。

全員が、見たこともない巨大な生き物に乗っている。鎧は黎明《れいめい》の中でも光り輝き、どれほど贅沢に金属を使っているのか想像もつかない。

彼らは全く同じリズムで港の広場に進んできた。

その中央に、ひときわ目立つ立派な男がいる。

美しい顔立ち、すらりとした体、そして驚くほどに均一な、瞳孔も虹彩も無い青い瞳。

蒼眼だ。

蜜蜂が肩で息をしながら言った。

「やべえ。執政官が出てきた」

「あの人が?」

「周り固めてんのは精鋭の騎馬隊だ。港の憲兵どころじゃねえ奴らだ」

執政官の登場で、戦場は一瞬、静まりかえった。

罪人の女たちは絶望で。

そして憲兵の男たちは、一気に形勢が逆転したことへの安堵で。

進み出てきた執政官は、満身創痍《まんしんそうい》の女たちを見下ろし、朗々《ろうろう》と言った。

「さからうもの、それは犬。さかしきもの、それは蛇。それらがさらに女であれば、どれほどの罪人《とがびと》であろうか」

彼は顔だけでなく声も美しかった。乾ききった骨が砕ける時のような、この世のもので無い響きだ。

そして奇妙なことに、周りの精鋭部隊も生き残った憲兵たちも、みな恍惚《こうこつ》として執政官を見上げていた。負傷して倒れていた兵までよろよろと起き上がり、執政官の青い瞳を見つめている。

桜はゾッとした。

――あれが、蒼眼の力か。

「殺せ」

精鋭部隊は女たちに襲いかかった。

さっきまで気力だけで戦っていた彼女たちに抵抗する力は残っていない。断末魔《だんまつま》の悲鳴があちこちで聞こえる。

ふいに、桜は三月と目が合った。

彼が砂鉄に駆け寄り、何か言っている。

桜は悟った。たった今、三月と砂鉄は桜だけを連れてこの場を離れる判断をした。抵抗したところで、気絶させられて運ばれるだけだ。

だが。

明け方の空に輝く金星を見つめた。

あれが私のお母さん。

あなたが女神だというのなら、私に、力を。

桜はアルちゃんに言った。

「この広場で一番声が響くのはどこ?」

「声? でしたら、お祈りを呼びかけるあの塔の上ですよ。声が響くよう設計されていますから。しかし、それが一体——」

彼の言葉を最後まで聞かず、桜は塔に向かって走り出した。

「桜!」

背後で三月の声がする。

無視した桜は弓矢を手に塔に飛び込み、螺旋《らせん》階段を駆け上った。

「桜さん、どこに行くのです! 逃げ場がなければ、さすがの砂鉄さんと三月さんもあなたを助けられません!」

アルちゃんが叫んでいる。

だが、桜は今、自分のやるべきことがはっきりと分かっていた。

これまでの訓練はこの日のため。あの輝く金星は、今日、私を旅立たせるためだ。

「何をするつもりです!」

「みんなに呼びかける」

「呼びかけ? 今さら叱咤激励は役に立ちません、戦力差が明らかです!」

「もう一つ、私に出来ることがあるの!」

塔の天辺《てっぺん》に躍り出た桜は、広場を見下ろす塀《へい》の縁にブーツの右足をかけた。

弓を持つ左腕を明け方の空に向かって掲げ、腹の底から声を出す。


「女たちよ!」


桜の声は潮風に乗り、広場に響き渡った。

その呼びかけに一瞬、全員が塔を見上げた。戦う男も女も、砂鉄も三月も蜜蜂もマリア婆ちゃんも。

——そして、蒼眼の執政官も。

「すばる星を髪に飾れ、三日月を剣に掲《かか》げろ、そして燃えさかる金星を胸に、戦え、女たちよ！」

何度も聞いた吟遊詩人の物語が言葉をくれる。

輝く明けの明星が桜の頬を照らしている。

矢にママの樹の矢尻を装着した。

執政官に真《ま》っ直《す》ぐ狙いをつけ、風の強さを計算し、矢をつがえる。

「人間に還《かえ》れ、蒼《あお》き者よ」

弦《つる》を放たれた弓は、塔の高さも加わり凄《すさ》まじい勢いで落下した。

丸っこいママの樹の矢尻が執政官の鎧に当たり、跳ね返されるかと見えたが、みるみるうちに食い込んでいく。

ママの樹の矢尻は種となり、そこから蔓《つる》が伸び出した。

葉が生え、花が咲き、植物が執政官の体を覆っていく。

「おお！」

執政官は驚きに目を見張った。

だが、たかが植物だと手でむしり取ろうとし、動きを止める。

彼の青い瞳から光が失われつつあった。

均一の色合いだったのに、まず、瞳孔が現れた。そして虹彩が出現した。かなりの距離があったが、なぜか桜にはそれが見えた。

蒼眼はみるみるうちに、ごく普通の人間の瞳になり、まるで執政官からエネルギーを吸い取ったかのように植物は枯れた。

全員が呆気《あっけ》にとられてその光景を見ていた。

蒼眼が壊された。

邪眼が殺された。

執政官は両手で顔を掻《か》きむしり始めた。自分の体に何が起こったのか理解している様子で、血まみれの顔でわめく。

「嫌だ、卑《いや》しいただの人間になどなりたくない。醜く老いて死にたくない！」

ママの樹には、蒼眼を普通の人間に変える力がある。

最初に島に来た蒼眼の女が、まだ幼かった桜と一緒にママの樹の側《そば》で遊んでいる時に気がついた。だが、彼女一人でママの樹に触れても何も起こらなかった。

桜が持つママの樹に触れて初めて、彼女から蒼眼の力は奪われたのだ。

自分の蒼眼を忌《い》み嫌っていた彼女は普通の人間になれたことに涙し、貴重な紙を使って外に手紙を書いた。やはり、ごくわずかではあるが自らの蒼眼を捨てたいと願う仲間に、鳥に託《たく》した手紙を届けたかったそうだ。

彼女は老いて死んだ。最期《さいご》の言葉は、「老いるって素敵ね」だった。

それから、四人の蒼眼の女が犬蛇の島に来た。みな、ママの樹のことを知っていた。彼女たちは桜と一緒にママの樹に触れ、ただの人間として生き、死んでいった。五人とも桜の大事な友達だった。

彼女たちはママの樹を「癒《い》やし」だと呼んだ。

だが外の世界の蒼眼にとって、桜は天敵となり得る。彼女たちは、いつか島から出た時に蒼眼と戦えるよう、ママの樹を矢尻に加工することを教えた。弓の形状ならば非力な桜でも使えるからだ。それが今、初めて役に立った。

港の広場は静まり返り、ただ執政官の悲鳴だけが響いていたが、やがて精鋭部隊は我に返った。

指揮官を失ってもすぐに態勢を立て直し、再び道を封鎖しようと動く。

三月が焦《あせ》った顔で桜を見上げた。今から桜が塔を下っても、もう逃げられる時間が無い。

その時、朝日の昇る方角から轟《とどろ》くような音が響いてきた。

円城都市の門が打ち破られ、次々と新たな兵が雪崩《なだ》れ込んでくる。

また援軍か。

さすがに桜が絶望しかけた時、アルちゃんが言った。

「あれはクセールの兵ではないようですね、旗印《はたじるし》が違います」

「じゃあ、どこの?」

「博識な僕も見覚えはありませんが、隣国が混乱に乗じて侵略してきたのでしょうか。明け方の奇襲ですし」

だが雪崩れ込んできた新たな兵士たちが口々に叫んでいたのは、誰かの名前だった。

「アノイ様！」

「アノイ将軍、ご無事ですか！」

港の広場に押し入ってきた彼らは、精鋭部隊と憲兵に襲いかかり、アノイという名を呼び続けた。

「将軍？　って、まさか」

彼らは血まみれで立つ将軍に駆け寄った。すぐに手当が開始される。

アルちゃんが呟いた。

「あの外国軍は侵略ではなく、将軍を助けに来たのですね。国を追われたと言っていましたが、おそらく彼女は今でも兵士たちに慕《した》われ、軍隊一つ動かすほどの力があるのでしょう」

「そっか」

とたんに桜の体から力が抜けた。

かくんと膝を折り、石畳《いしだたみ》の床に倒れ込む。

「ちょ、桜さん？　どうしたのです？」

「安心したら、急にお腹が減って……」

完全にエネルギー切れだった。もう一歩も動けない。

その場で目を閉じた桜に、アルちゃんが耳元で必死に呼びかけ続けた。

「こんなところで寝ないで下さい、桜さん！　風邪をひきますよ！」


目が覚めた時、桜《さくら》の視界は暗かった。

何かが瞼《まぶた》の上に乗っている。ひんやりする。

桜はもぞもぞと腕を上げ、自分の顔に触れる何かをつかんだ。ピッ、と小さな悲鳴があがる。

「桜さん、僕です」

「……アルちゃん？」

ボーッと目を開いた桜は、アルちゃんがじたばたもがいているのに気がついた。慌てて手の力を緩《ゆる》める。

「あなたの顔で暖《だん》を取っていました。額《ひたい》がぬるくなったら、右頬へ、右頬がぬるくなったら左頬へ、この三点移動を繰り返していたのです」

「いつもみたいに懐《ふところ》に入れれば良かったのに」

「それが、この港街は気温も湿度も高くてですね。あなたの顔ぐらいがちょうど良いのですよ」

「もうあったまった？」

「はい」

桜はアルちゃんを髪飾りの定位置に戻し、のろのろと起き上がった。

そして、すぐ側《そば》に三月《さんがつ》が座っていたことに気がつく。何だか憔悴《しょうすい》しきった顔だ。

「桜、おはよ」

「……おはよう。ここ、どこ？」

きょろきょろと辺りを見回す。石の壁に囲まれた、桜が見たこともない立派な部屋だ。壁には自分の蝶《ちょう》の着物がかけてある。

しかも桜は布の布団に寝かせられていたらしい。破れても、藁《わら》がはみ出してもいないものだ。

「クセールの宿屋だよ」

「宿って何？」

「家みたいなもん。眠るとこだよ」

「凄《すご》いね、島のどの小屋より大きい」

嬉しそうに部屋を見回す桜に、三月は優しく尋ねた。

「体調はどう？　あちこち怪我してたけど」

「ん？　痛くはないよ。それよりお腹が空《す》いたの、私の干し魚、まだあるかな？」

桜が自分の荷物を捜そうとすると、三月は苦笑した。

「食事なら用意させるよ。待ってて」

彼が部屋を出て行くと、アルちゃんが言った。

「桜さん、あなたが眠っていた二日間、三月さんは一睡もしていないのですよ」

二日？

自分はそんなに眠っていたのか。どうりで腹も減るはずだ。

だが三月はなぜ眠らなかったのだろう。彼も徹夜で海を渡ったのだから疲れていたはずなのに。

「医者は大丈夫だと言うのに、三月さんはそれはもう桜さんの心配をされて。ほぼつきっきりでしたよ」

「……そうなの」

伯父《おじ》さんとは、そんなに姪《めい》っ子《こ》の心配をするものなのか。

マリア婆ちゃんみたいな友達とも違う存在を得られたようで、桜は少し嬉しかった。結果的にはみな助かったし、マリア婆ちゃんを見捨てようとした彼を恨んだことを、謝らなければ。

やがて、盆《ぼん》を持った三月とともに、砂鉄《さてつ》、マリア婆ちゃん、将軍に蜜蜂《みつばち》までぞろぞろと入ってきた。

「桜、起きたね」

「マリア婆ちゃん！」

あの強行軍と混戦を乗り越えた老婆は元気そうだった。ウサギを焼いて食べた時のように、つやつやしたほっぺになっている。彼女は桜の手の擦《す》り傷に、万能薬の竜血《りゅうけつ》の粉を塗り込んでくれた。

「ご飯もらってきたよ」

三月から手渡された椀《わん》に、桜は目を見張った。

温かそうな粥《かゆ》。水に粟《あわ》が泳ぐような薄さではない、夢にまでみた、「みっしり」感だ。

「大麦のミルク粥だよ。ゆっくり食べて」

桜は大麦もミルクも知らなかったが、粥はとても美味《おい》しかった。糖蜜《とうみつ》を混ぜたかのように甘く、柔らかく、良い匂いがする。

桜が必死に粥を食べる間、彼らは黙って見ていた。アルちゃんにも一粒《つぶ》あげると、なかなかいけますね、と気に入ったようだ。

将軍が笑った。

「そんなに慌てなくても粥は逃げないぞ、蝶の娘」

屈託《くったく》のない笑顔だった。島での粗末《そまつ》な服と違い、立派な姿になっている。アルちゃんが耳元でそっと、あれは軍服というのですよ、と教えてくれた。

煙草をくわえた砂鉄も言う。

「がっついて食う顔は、錆丸《さびまる》がガキの頃とそっくりだな」

彼は、桜の父親の少年時代を知っているのか。後でゆっくり話を聞こう。

蜜蜂はうろんそうな顔で、桜の顔を見つめていた。いや、桜の髪に留まるアルちゃんをだ。アルちゃんが言った。

「申し訳ありません、桜さん。あなたが眠っている間、僕が話しているところを蜜蜂くんに見られてしまいました。おかげで化け物扱いです」

その言葉に、蜜蜂はふいっと顔をそむけた。どうも、アルちゃんが怖いらしい。

彼は咳払《せきばら》いをし、砂鉄と三月に訴えた。

「それより兄貴たち、こいつ水浴びさせた方がいいよ。まだ磯臭《いそくせ》えよ」

蜜蜂が眉をひそめて言うので、桜は匙《さじ》を握る手を止め、まじまじと彼を凝視《ぎょうし》した。

明るいところでちゃんと顔を見るのは初めてだ。

浅黒い肌に淡い髪、糖蜜飴《とうみつあめ》みたいな瞳という印象はそのままだが、指が長いのは初めて気づいた。たぶん、上背《うわぜい》のある将軍より彼の方が手は大きい。

(これが男かあ)

砂鉄や三月は大人の男なのだろうが、蜜蜂は桜とそう年が変わらないように思えた。まだ首は細いが、喉《のど》には島で噂に聞いていた「喉仏」がある。

桜はふと、蜜蜂の左目の目元のほくろに気がついた。何気なく言う。

「目の下、ほくろあるね」

「あ?」

「幸運の印だって、島の蛇《へび》の人に聞いたことあるよ」

「そうかよ」

彼は軽く肩をすくめた。

「俺は占いは信じねえが、泣きぼくろが女受けいいのは本当だぜ。エロいだろ」

「エロいって何？」

「はぁ？　そんなことも知らねえの、男がエロいってのは――」

ガシッ、と蜜蜂の首根っこが三月につかまれた。

「蜜蜂くん、ちょっとあっちでお話しようか」

笑顔の三月にずるずる引きずられ、蜜蜂が慌てた声をあげる。

「え、ちょっと待って三月の兄貴、俺はただ説明を」

ばたんと閉じられた扉を、桜は呆気《あっけ》にとられて見つめた。

「どうしてあっちでお話したいのかな？」

マリア婆ちゃんがウヒヒ、と笑う。

「きっと、男同士の楽しいお話さ。気にするんじゃないよ」

それから桜は、眠っていた間のことを将軍に説明された。

彼女はアノイという名で、隣国パルティの女将軍だった。民を顧《かえり》みず奢侈《しゃし》に溺《おぼ》れる国王に諫《かん》言《げん》し、五年前にこのクセールの港から犬蛇《けんじゃ》の島に流された。

「だが私は、島に『邪眼《じゃがん》殺しの娘』がいるとの噂を知っていた。いつか島を出られるかもしれないと考え、犬と蛇たちを鍛《きた》えていた」

ああ、だから彼女は砂鉄と三月に島の壁を崩された時、あっさりと全員で島を捨てる決断をしたのか。二人の男に従ったのではなく、彼女はただ「時が来た」と思っただけだ。

アルちゃんが独り言のように呟いた。

「なるほど、犬蛇の島は桜さんを守るためだけのものではなく、女神の練兵場《れんぺいじょう》でもあったのですね」

将軍は壁際に立つ砂鉄をちらりと見て、少し笑った。

「彼と赤毛の御仁《ごじん》が、娘だけでなく全員を連れて島を出ようとしたのは、お前のためだそうだぞ」

「え？」

「お前はどうせ、一人だけ逃げるのは嫌だ、みんなで行くと主張するに決まってるから、取りあえず壁を壊して女たちを全て島から出したそうだ。まあ、危なくなればお前だけを連れて逃げるつもりだったそうだが」

そうだったのか。砂鉄と三月は桜と会う前から、桜がどう考え判断するか知っていたのだ。

さらに将軍は、三月に引きずられて蜜蜂が消えた扉へと目をやった。

「隣国パルティまで早馬を飛ばしてくれたのは、あの蜜蜂という小僧だ。あいつはなかなか役に立つ」

驚いたことに、あの援軍は蜜蜂の知らせにより駆けつけたものだった。

彼は元々、犬蛇の小舟に乗せられた女の中にパルティの将軍アノイがいるのを知っていた。そこに砂鉄と三月が「犬蛇の島に行く」とやって来た。不思議な娘を探し、連れ帰るつもりだと。

二人がどうやって娘を脱出させるのか、その時点では蜜蜂には分からなかった。だが潮が引いて海底に道が出来たのを見た時、これだと直感した。砂鉄と三月は歩いて海を渡るつもりだと。

ならば、島に閉じ込められていたアノイ将軍も一緒に逃げるかもしれない。そう考えた蜜蜂は、念のため隣国まで知らせを出した。だからあの絶妙なタイミングで援軍が来たのだ。

桜は感心した。

「へえ。蜜蜂は賢いんだね」

「莫大《ばくだい》な報酬《ほうしゅう》は要求されたがな」

肩をすくめた将軍だったが、彼女が蜜蜂をそれなりに気に入っているのは見て取れた。彼女はいつも、賢さは剣の何倍も力があると言っていたのだ。

執政官《しっせいかん》を失ったクセールは混乱に陥《おちい》ったが、パルティの支配下に入ることであっさり落ち着いた。住民はみな商売人ばかりで国への忠誠心など全く無いし、儲《もう》けさせてくれるなら支配者が誰でも構わない。気味の悪い邪眼の執政官より、隣国の女将軍の方がはるかにマシだった。

島から脱獄してきた女たちの処遇は意見が分かれたが、将軍が意見を曲げなかったことと、蜜蜂が法学院に掛け合ったことで、死刑は免《まぬが》れた。全員がクセールの街で一ヵ所にまとめ置かれ、もっと「公平な」裁判を受けられるのを待つらしい。

彼女たちが死なないと聞いて桜はホッとした。一緒に海を越え、戦った仲間たち。幸せになって欲しい。

安堵した桜だったが、将軍は淡々と付け加えた。

「だが娘、お前は一刻も早く街を出た方がいい。すでに邪眼殺しの娘は大変な評判になっている。今は私の監視下にいるから大丈夫だが、他の蒼眼《そうがん》がお前を狙うだろう」

それを聞いた桜が少し青ざめた時、三月と蜜蜂が戻ってきた。

「お茶ですよ～」

三月は笑顔でそう言ったが、盆を捧《ささ》げ持つ蜜蜂は青ざめている。唇をしっかり結び、桜と目を合わせようとしない。いったいどうしたのだろう。

桜が初めて飲む「茶」というものは、美味しいのか美味しくないのかよく分からなかった。

すると、それまで黙って壁際に立っていた砂鉄が言った。

「桜。お前の能力は、蒼眼を普通の人間に変える、それだけか？」

「え？　よく分かんない」

ママの樹がどんな力を持つか、桜はまだよく知らない。ただ島に来た五人の蒼眼の女は全て普通の人間になり、年老いて死んだ。あの執政官の瞳も色を失い、ただの人となった。分かるのはそれだけだ。

砂鉄はしばらく何か考えていたが、三月とちらりと目を見合わせた。三月が小さくうなずく。砂鉄は煙草を口から抜き取り、壁に押しつけて火を消した。桜の寝台の横に座り、真剣な顔で言う。

「桜。父親に会いてえか」

「うん」

それはもちろんだ。

自分の母は死んだ。だが大樹となり、枝となり、今は矢尻《やじり》となって桜の側《そば》にいる。ならば父にも会いたい。顔も知らない錆丸という人が、恋しい。

「前にも言ったが、お前の父親は今、遠くにいる。正確には、世界のどこかで眠っている」

眠っている？

いったい、どこで？

「……パパは病気なの？」

「違う。眠らせたのは金星《きんせい》だ。理由はおいおい話すが、あいつはお前を守るために、自《みずか》ら眠りにつくことを選択した」

わけが分からなかった。

桜を守りたい？

ならば側にいてくれればいいのに。砂鉄や三月みたいに迎えに来てくれればいいのに。

「眠ってるのは錆丸だけじゃねえ、俺の女と、こいつの相棒もだ」

砂鉄は顎《あご》で三月を指した。

俺の女、という言い方を桜は理解することが出来た。島の女たちがよく「あたしの男」と言っていたから、砂鉄の女はつまり、恋人だ。

そして、アルちゃんに少し聞かれただけで三月を怒らせた、「三月の相棒」。その人もまた、眠っているのか。

相棒、という言葉に、三月の瞳が暗くなった。説明は砂鉄に任せると言わんばかりに、静かに目を閉じる。

砂鉄は続けた。

「眠る三人のうち、居場所が分かってるのは俺の女だけだ。もしかしたらお前の能力であいつを起こせるかもしれねえ」

その人を眠らせたのは金星。

ならば、金星の血を引く桜が起こせるかもしれない。砂鉄はそう考えているのか。

「僕が死んでいる間に、そんなことになっていたのですねえ」

感心したように呟いたアルちゃんを完全に無視し、砂鉄が言う。

「錆丸は必ず探し出して、お前を連れて行ってやる。だがその前に、お前に錆丸を起こす能力があるか確かめてえ」

「……砂鉄の恋人は、何て名前？」

「ユースタスだ」

ユースタス。綺麗な響きだ。

桜には、この無愛想な男の恋人がどんな女の人か、さっぱり想像できなかった。だが砂鉄の目の真剣さには胸を打たれる。

「分かった、じゃあまず、そのユースタスって人のところに行こう」

桜はすくっと寝台から立ち上がった。

マリア婆ちゃんが慌てて、蝶の着物を羽織《はお》らせる。

「桜！　男はみんな狼だって教えただろ、ちゃんと上着をつけるんだ！」

そう言われても、桜は狼という生き物を見たことがない。男が女に対し何らかの行為を要求することは知っているが、いまいちピンとこない。

桜が着物を羽織ってベルトを巻いていると、蜜蜂が砂鉄と三月に言った。

「兄貴たちは、こいつの父親探しの旅に出るんだよな？　じゃあその前に、真夜中に船で迎えに行った料金五十万スタディオン、耳をそろえて払ってよ」

蜜蜂が突き出した右手に、砂鉄は軽く眉を上げた。

「最初は十五万って言ってなかったか」

「四人送るだけなら十五万、五往復して女たちを百人も送ったから五十万だよ。お得じゃん」

「それは、僕たちが沈没船の宝の存在を黙っていることで交渉は終わったはずですが」

アルちゃんが言うと、蜜蜂は思い切り顔をしかめた。

「宝はリン鉱石《こうせき》だって、犬蛇の女たちがもう触れ回ってるよ！　引き揚げるのが無理な宝なんて、ずっと海の底に眠ってるしかねえだろ！」

「そうですか？　資金と重機《じゅうき》さえあれば……」

「俺は、今、現金が欲しいの！　五十万ちょうだいよ！」

憤《いきどお》る蜜蜂に、砂鉄はわざわざ新しい煙草に火をつけ、煙をふっと吹きかけた。

「悪いが金はねえ」

「……あ？」

「少し前に小さな国を買ってな。今は手持ちがねえんだよ」

「く、国？」

「ユースタスが眠ってる国だ。安全のために買った」

すると、三月がようやく笑った。

「砂鉄、俺から借金までしたからねー。お互いスッカラカンだよ」

蜜蜂はわなわなと震えていたが、やがてビシッとアルちゃんを指さした。

「じゃあ、その化け物蜥蜴《とかげ》をよこせ！　しゃべる蜥蜴なら売れば金になる！」

「それも駄目だ。そいつは貴重な情報源だ、むかつく眼鏡だが手放すわけにはいかねえよ」

「ごめんねー、蜜蜂くん」

三月がへらへらと手を振った。

「いつかお金作ったら、送ったげる。俺と砂鉄なら金を稼《かせ》ぐ方法あるしね」

「冗談じゃねえよ、いつかっていつだよ！」

蜜蜂はアルちゃんに向けていた人差し指で、真《ま》っ直《す》ぐに桜の鼻先を指さした。

「兄貴たちが金を払うまで、俺はぜってーにこいつから離れねえ。旅に行くっていうなら俺も連れてけ！」


宿の屋上に上った蜜蜂は、一人、夜空を眺めた。

あれから揉《も》めに揉めたが、蜜蜂は彼らの旅に同行することが決まった。金を払うまで、という条件付きだが。

(だけど揉めたおかげで、俺の本当の目的が悟《さと》られずに済んだ)

蜜蜂は、犬蛇の島に住む不思議な娘の噂は知っていた。
それが邪眼殺しと呼ばれることも。
あの夜、無理をして真夜中に船を出したのは沈没船なんかが目当てじゃない。
桜だ。
あの娘が本当の、「宝」だ。
蜜蜂はいったん、目を閉じた。
そして再び開いた瞳は硫化水素《りゅうかすいそ》のように真っ青で、瞳孔《どうこう》も虹彩《こうさい》も無かった。

第二話

猫とラム酒と帆《はん》船《せん》と

砂鉄《さてつ》の恋人ユースタスが眠るのは、グラナダという街なのだそうだ。

海底を歩いて渡る大冒険の末にたどり着いたクセールの街で、桜《さくら》が目覚めてから丸一日が経《た》っていた。共に戦ってくれた女将軍アノイの忠告で、宿の部屋からは一歩も出ていない。クセールでは「邪眼《じゃがん》殺しの娘」が大変な評判になっており、他国にいる蒼眼《そうがん》たちが桜を狙って刺客を放つかもしれないらしい。三月《さんがつ》は桜の護衛として側《そば》を離れなかったが、砂鉄と蜜蜂《みつばち》はクセールを脱出する算段で密《ひそ》かに動き回っているそうだ。

「グラナダって遠いの？」

桜が尋ねると、三月は軽く首をかしげた。

「うーん、風によるとしか。船の手配は蜜蜂がやってるけど、地中海をほぼ横断だからどんなもんかなあ」

「風による？　飛行機を使わないのですか？」

これまた桜の側をずっと離れなかった蜥蜴《とかげ》のアルちゃんが、不審そうに言った。

「月氏《げっし》のあなた方なら、小型機をこっそり手配するぐらいお手の物でしょう。ここはおそらく紅海《こうかい》沿いの街ですよね、カイロかダマスクスへ抜けて空路を取ればグラナダなんて数時間ですよ」

「王子」

三月が静かに言った。いつものヘラヘラした笑顔ではなく、いつになく真面目な顔だ。

「前にも言ったよね、王子が生きてた頃と世界は変わったって。後でちゃんと説明するから、今はクセール脱出に専念させて」

彼はちらりと窓を振り返った。夕日が射し込んでいる。

「通りを怪しいのがうろうろしてる。『邪眼殺しの娘』を捕らえて褒美《ほうび》をもらおうって輩《やから》だと思う」

「そんな」

桜は窓にも近づくなと厳命されていたが、すぐ近くに身の危険が迫っているのか。アノイ将軍により宿の主人は固く口止めされているそうだが、いつ裏切るとも限らない。

アルちゃんはしばらく黙り込んでいたが、桜の髪飾りの上でもぞりと体勢を変え、三月を真《ま》っ直《す》ぐ見上げた。

「分かりました、もう何も聞きません。テレビやラジオどころか、電化製品が一切無い不思議な部屋で大人しく待つことにします」

テレビ。ラジオ。電化製品。

桜が犬蛇《けんじゃ》の島に着いた八歳の頃、そんな言葉を聞いたような気もする。だが、それらがどんなものか想像も出来ない。実物を見たことが無いからだ。

ちょろりと桜から降りたアルちゃんは、壁をするする伝って窓枠《まどわく》に昇り、じっと外を眺め始めた。

「宵《よい》のアザーンも肉声……」

「アザーンって何？」

「寺院《モスク》がお祈りを呼びかける声ですよ。これほどの規模の街ならスピーカーを使うのが普通なのですがね」

そう呟いたきり、アルちゃんは黙り込んでしまった。自分が生きていた頃とは変わってしまったという世界を、じっと見下ろすばかりだ。

三月が運んできてくれた食事を取る間、部屋は無言だった。桜は初めて食べる平焼きのパンに、ひよこ豆と練り胡麻《ねりごま》を合わせたというペーストを、最初はおそるおそる、一口食べてからはたっぷり乗せて食べた。

何これ。何この、夢のように美味《おい》しいフニャフニャしたもの。

島では魚と芋《いも》ばかり食べていた桜に、その謎の料理は美味しすぎた。どうしよう、食べたらこの夢ご飯は無くなってしまう。でも手が止まらない。

クスッと声がした。三月がわずかに苦笑している。

「お代わりならいくらでも運んであげるから、ゆっくり食べなね」

「お、お代わり？　それはもしや、ご飯を二度も三度も食べていいってこと？」

「この宿の主人に言えば、何でも作ってくれるよ。それは一番簡単な飯だけど」

何でも、という言葉に桜はごくりと唾《つば》を飲んだ。ここではもしや、ご飯を「選ぶ」ということが出来るのか。信じられない。

桜は謎フニャフニャに乗っている赤い実を指さした。

「これも食べていいもの？」

「それは飾りの石榴《ざくろ》。フムスは雑に皿に盛るだけのこともあれば、果物やナッツで飾ったりもするねー」

「綺麗……」

島ではとても貴重だった石榴が、こんな風に食べられるなんて。実は甘酸《あまず》っぱく、噛めば爽《さわ》やかな味が広がる。

「アルちゃん、食べる？」

指に石榴の実を一粒乗せて差し出すと、アルちゃんは窓枠からするすると降りてきた。饒舌《じょうぜつ》な彼にしては珍しく、一言も無く食事をしている。

三月はさらに、お菓子もくれた。胡麻とバターと砂糖を固めたもの、と説明されたが、石ころのような見た目に反し、口の中でとろける甘さだ。犬蛇の島で唯一の甘味《かんみ》だった糖蜜飴《とうみつあめ》の何倍も美味しく、何より大きい。

桜は感激のあまりほっぺたを押さえ、そのお菓子をじっと見つめた。外の世界には、こんな食べ物があるのか。

「桜」

三月がふいに言った。優しい目でこちらを見ている。

「俺もね、生まれて初めてチョコレートってもん食べた時、衝撃を受けたんだよ。世界にはまだ美味しいものがたくさんあるから、一緒に食べようね」

「……うん」

世界、という言葉の大きさが桜にはぼんやりとしか分からない。だが初めて見る港街クセールよりも、もっともっと人の多い場所があるのかもしれない。たくさん食べたいし、見たい。

完全に日が落ちると、部屋には灯《あか》りがともされた。島では暗くなれば眠るしかなかったが、煮炊きのためではなく、ただ明るくするためだけに油を使えるなんて、何て贅沢《ぜいたく》なのだろう。

夜になっても通りは賑《にぎ》やかなようだったが、波の音が聞こえないのが、桜にはどうも落ち着かない。三月もアルちゃんも黙り込んでいるので、桜はただ、ランプの火を眺めた。素焼きの皿に油を入れ、灯心《とうしん》を差すだけの簡単なものだが、皿には何かの動物が描かれている。

(可愛いな。これが犬って生き物かな?)

三月に尋ねようとしたが、彼の横顔を見て、それがためらわれてしまった。

いつもの笑顔ではない、無表情だ。だがわずかに寄せられた眉根に苦悩の色が見える。

もしかして、まだ見つかっていないという相棒のことを考えているのだろうか。彼が辛《つら》そうなので、その人の名前も聞けていないけれど。

島では暗くなると同時に眠る習慣だった桜がうとうとし出した頃、砂鉄と蜜蜂が戻ってきた。深くかぶっていたフードを取り、待っていた二人と一匹に砂鉄が言う。

「夜明け前に出発だ。アノイ将軍が城壁をこっそり抜けさせるとよ」

「そこからは」

「こいつが手配した。人目につかない道があるらしい」

砂鉄に見下ろされた蜜蜂は、お任せあれ、と手を胸に当てた。

「俺だって『邪眼殺しの娘』の仲間だと思われてんだよ。自分の身が大事だから、安全確保には努めるさ」

「桜はギリギリまで眠って体力を回復させておけ。準備は俺たちでやる」

砂鉄にそう言われ、桜はこっくりとうなずいた。

襟《えり》の留《と》め紐《ひも》を緩め、服を脱ごうとすると、男三人がギョッとした顔になる。

「さ、桜、脱がないで！」

焦《あせ》った顔の三月に止められ、桜はキョトンと目を上げた。

「どうして？」

「ど、どうしてって、男の前で裸になっちゃ駄目でしょ」

そう言えば、マリア婆ちゃんからそんなことを注意された気もする。とはいえ犬蛇の島には男がいなかったので、その言葉など完全に忘れていた。

「島ではいつも裸で寝てたから、習慣になってて」

貴重な服を長持ちさせるため、夜は裸になり、風にさらす女は多かった。桜も幼い頃からそうしていて、いつもマリア婆ちゃんとくっついて眠っていた。

「いやいやいや、頼むからもっと警戒心持って桜。服は着たまま。今晩は俺が桜の側にいるけど、本当なら男と同じ部屋で寝るのも駄目」

「分かった」

マリア婆ちゃんが男はみんな狼だと言っていたが、これまで会った男の砂鉄、三月、蜜蜂からは何の危険性も感じない。マリア婆ちゃんが大げさなのだろうか。それとも、桜が狼という生き物をよく知らないから脅威を覚えないのだろうか。

三月が軽く溜息をつく。

「桜には教えること、いっぱいありそうだなあ」

言われるままに服を脱がずにベッドに入り、眠りに落ちる寸前、蜜蜂がひどく呆れた顔になっているのが見えた。

一瞬で深い眠りについた桜だったが、次の瞬間には三月に揺り起こされた。

「出発だよ」

「え、もう？」

瞬《まばた》きぐらいの時間しか眠っていない気がする。自分は思ったより疲れていたようだ。

ベッドの上には新しい服が置かれていた。

「この辺で一般的な男の子の服だよ。髪の毛も布で隠してね」

男の子の服、ということよりも、新しい服に桜は感動を覚えた。島では麻を一生懸命に育て、繊維《せんい》にして、布を作っていた。新しい服なんて何年ぶりだろう。

「何度も言うけど、本当は男の前で着替えなんかしちゃ駄目だからね」

「三月と砂鉄の前でも駄目なの？　私を守ってくれる人なんでしょ」

「俺は桜の伯父《おじ》さんだし、砂鉄はユースタス一筋だから大丈夫だけど、そもそも男の前では脱いじゃ駄目」

「じゃあ、蜜蜂の前でも絶対駄目なんだね」

「駄目駄目駄目、ぜーったい駄目。あの年頃の男なんて、ヤることしか――あー、いかがわしいことで頭がいっぱいなんだから警戒して」

真剣な顔で言われ、桜はしっかり頷いた。年上の人からは学ぶことがたくさんある。島でもそうだった。

三月は桜に背を向けた。

「今は緊急事態だから、俺が見てない間に着替えて」

三月に言われるまま、新しい服に袖《そで》を通すと、着心地が柔らかくて驚いた。

「これ……凄《すご》く気持ちいい。何て服？」

「何て服かは知らないけど、布は木綿っていうんだよ」

これが木綿か。犬蛇の島に流されてくる女がよく着ていたが、労働と戦いの訓練で服はすぐ駄目になり、麻の服になっていった。

ひょっとしたら、自分が記憶を失って島に流されてきた八歳の時に木綿を着ていたのかもしれないが、覚えていない。

「そっか、桜は麻の服の上に絹の着物を羽織《はお》ってたんだね」

「うん。絹は貴重だって言われた」

「その蝶《ちょう》の着物はね、錆丸《さびまる》が金星《きんせい》にプレゼントしたんだよ」

三月にそう言われ、桜は驚いた。

着替えの手を止め、壁に掛けていた着物に目をやる。

「パパが、ママに？」

「あれ、錆丸のお母さんの形見なんだって。それを錆丸はプロポーズの時に持っていって、金星に着せかけて、結婚して下さいって言ったんだって」

自分が八歳の時からなぜか側にあった蝶の着物。そんなに大事なものだったのか。

着替え中だというのに、思わず蝶の着物の方を先に畳《たた》み、大事に荷物に入れた。自分もこれを持って旅をするのだ、どこまでも。

着替え終わった桜が懐《ふところ》にアルちゃんを入れていると、振り返った三月はにっこり笑った。

「桜。これからは美味しいものたくさん食べるだけじゃなく、綺麗な服も着ようね。島で出来なかったこと全部やろう」

「――うん！」

あの絶海《ぜっかい》の孤島《ことう》から逃げ出せた。

自分の父親と母親の話も聞けた。

そしてこれから、グラナダという街への旅も始まる。

新しい服を着た桜はワクワクしていた。自分の伯父さんだという三月は、もうすっかり信用している。砂鉄はまだ少し怖いけれど、ユースタスという人のことを話す目はとても真剣だったので、力になってあげたくなった。

(でも蜜蜂のことは警戒する、と)

自分の頭にしっかりそう書き付けていると、三月がふと上を向いた。

「犬笛の合図だ。窓から行くよ」

身支度を終えた桜は、三月に続いて身軽に窓から出た。腕を引っ張られずとも、自力で屋上まで登っていく。

「うわあ」

月光に照らされた夜の街。

びっしり並んだ建物は円状の大きな塀《へい》で囲まれ、あちこちに塔が建っている。一体どれほどの人が住んでいるのだろう。昼間の賑《にぎ》やかな様子も見てみたかった。

屋上にはいつの間にか、砂鉄と蜜蜂も来ていた。

砂鉄が一言も無く顎《あご》で合図し、四人で隣の屋上へと飛び移る。次々と屋根を渡る間、桜は楽しくて仕方がなかった。外の世界。これが外の世界なんだ。

音をほとんど立てずに城壁に近づいた四人は、静かに路上に飛び降りた。月光も届かない、入り組んだ小道のどん詰まりだ。

蜜蜂が小さな声で言う。

「お前、ほんと身は軽いのな」

「うん」

何気なくそう答えると、彼は何か考えていたようだが、すぐに手で合図した。

暗い路地をそっと回ると、二人の人影がある。

小さなランプに照らされたその顔は、アノイ将軍とマリア婆ちゃんだった。

「マリア婆ちゃん！」

思わず駆け寄り、彼女に抱きついた。

お別れを言えないまま出発しなければならないのかと思っていたが、見送りに来てくれるなんて。

「将軍に無理言って連れてきてもらったよ。人数が多いと目立つとは分かってたんだがね」

「嬉しい。行ってきますって言いたかったの」

マリア婆ちゃんの小さな体を抱きしめると、同じ強さで抱き返された。

「世界のどこかにいるっていう桜の父親、ちゃんと見つけるんだよ。そしたらあたしに紹介しておくれ」

「──うん、約束ね！」

涙目になった桜は、ランプの灯りでマリア婆ちゃんの顔をまじまじと見つめた。頬はつやつやしている。夜だからよく分からないが、顔色も良さそうだ。

「元気でいてね、絶対に戻ってくるから」

「行っといで。あたしはここで、将軍のお世話になりながらのんびりしてるさ」

するとアノイ将軍がしっかり頷いて見せた。この人にならマリア婆ちゃんを預けても大丈夫だ。

「別れはそれまでだ。行くぞ」

砂鉄に言われ、アノイ将軍は城壁から煉瓦《れんが》を一つ抜いた。中に手を差し入れると、何やらカコッと音がして、城壁の一部が音も無く開く。

「いくら城壁でしっかり街を守っていても、緊急の斥候兵《せっこうへい》などは通さねばならんからな。こうした仕掛けは大概《たいがい》、どこの街にもあるものだ」

この隠し扉には常にこっそりと見張りがついているそうだが、今晩はアノイ将軍が遠ざけてくれたらしい。まだクセールを制圧して数日だというのに、さすがに兵を掌握《しょうあく》するのが早い。

最後にもう一度だけマリア婆ちゃんと抱き合い、桜は笑顔で手を振った。

「行ってきます、マリア婆ちゃん！」

マリア婆ちゃんはくしゃくしゃの笑顔で手を上げた。

ランプの灯りにぼんやり浮かぶその顔は、いつもいつも一緒にいてくれて、毎晩くっついて眠ったのと同じだった。


桜たち四人が壁の向こう側に消えるのを見送ると、アノイ将軍がぼそりと言った。

「マリア老。手を貸そう」

「……ああ」

差し出されたアノイ将軍の手に、マリア婆ちゃんはすがりついた。流れてきた脂汗《あぶらあせ》をぬぐい、肩で大きく息をする。

「これでは城まで歩けんな。私が背負う」

「すまんね」

素直にアノイ将軍に背負われたマリア婆ちゃんは、震える声で聞いた。

「あたしはちゃんと笑えてたかい」

「ああ」

「顔色は良かったか。化粧は落ちてなかったかね」

「大丈夫だ、その頬紅《ほおべに》のおかげで血色《けっしょく》は良く見えただろう」

化粧なんてしたのは何年ぶりだったろう。アノイ将軍が手配してくれた化粧師は老いた肌をバターで蒸し、白粉《おしろい》をはたき、不自然で無いほどの頬紅で「元気なマリア婆ちゃん」を作ってくれた。

年老いたこの身に、あの割れた海を歩いて渡る強行軍はさすがに辛かった。桜や蜜蜂に助けられたが、最後の方は意識が朦朧《もうろう》としていた。

桜が眠り込んでいる間、自分も医師の手当てを受けたらしいが、よく覚えていない。だが桜が目覚めたと聞いた時は、気力をつくして笑顔を作った。あの子も笑っていた。

将軍に背負われ、迷路のような暗い路地を抜けながら、マリア婆ちゃんはぽつりと言った。

「これでようやく、あたしたちの使命も終わる」

「……あたしたち?」

「あたしはね、生まれた時は別の名前だった。だけど犬蛇の島に行くことが決まった時、『マリア』って名を継いだんだ」

「名を継いだ?」

「世界に六ヵ所だけある、金星堂ってのを知ってるかい」

「いや、寡聞《かぶん》にして」

「私が通《かよ》ってたのは遠い昔、ブラジルって名前だった国にあるんだよ。それから日本、インド、エジプト、ドイツとフランスってとこにも」

ああ、段々と眠くなってきた。アノイ将軍はこの国々を知っているだろうか。朦朧としながらも話を続ける。

「金星堂はね、許されない恋をしている女の子のための、祈りの場所。その昔、大恋愛の末に許されない恋を全《まっと》うさせた、女神のための聖堂なんだ。桜の母親さ」

金星堂の内部ははっきりと覚えている。美しい女神像に、女の子たちはすがるように祈った。不倫をしていても、同性に恋しても、血の繋がった兄弟を愛してしまっても、金星は全て受け入れてくれた。そんな場所だった。

「金星には七人の友達がいたそうだ。残念ながら一人は命を落としてしまったけれど、残った六人はそれぞれの故郷の金星堂で祈りを続け、ある約束をした。桜が困ることがあれば、絶対に助けようと」

これも金星堂に語り継がれている、マリア婆ちゃんの好きな話だ。許されない恋をしている女の子同士、いつまでも助け合う。友人だった金星の娘の危機には、絶対に駆けつける。

「だが、桜は八歳の時に犬蛇の島に送られてしまった。そこで世界中に散らばっていた金星堂の娘たちは、自分たちを『友達』として桜の元に送ることにした」

——桜という娘だよ。マリアの名を継ぐならば、彼女を大事に守り育て、愛するんだよ。

「楽しかったよ、桜との日々は。そりゃあんな島で暮らすのは大変だったけど、自分の孫だと思えて仕方なかった。愛してたんだ」

駄目だ、もう眠い。

自分の命が尽きかけているのが分かる。

「あたしは使命を果たした。桜を守り、育て、『守護者たち』に無事引き渡した。もう何も思い残すことはない」

「……桜は父親を見つけて帰ってくると言っている。しっかり気を保《たも》て、城に戻ったらすぐ侍《じ》医《い》をたたき起こすぞ」

だがアノイ将軍のその言葉も、マリア婆ちゃんの耳にはほとんど届いていなかった。

静かに目を閉じ、うっすらと笑う。

「あたしはもう眠るよ、桜」

クセールの円城《えんじょう》都市を抜け出した四人と一匹は、明け方の迫る中、砂漠を歩いていた。

どこまでも広がる砂と砂礫《されき》は桜の初めて見るもので、遠くに見える樹の形さえ珍しい。砂の上は歩きにくいが、ちゃんと小石と蔦《つた》のような植物で舗装されている道もある。先を急ぐ砂鉄に遅れないよう、桜は小走りで進んだ。

(ママの枝は全部、砂鉄と三月が運んでくれているんだ。私が足手まといにならないよう、しっかりしなきゃ)

大事な形見、ママの枝と蝶の着物。

特にママの枝の方は、なぜだか蒼眼の人々を普通の人間に戻す力もある。絶対に無くさないようにしなければ。

東の空を振り返った蜜蜂が呟いた。

「そろそろ早起き駱駝《らくだ》が騒ぎ出すな。人目につく前に潜《もぐ》るか」

「潜る?」

「こっちだ」

彼が指さした先に、妙なものがあった。

砂の上に何かが突き出ているのだが、あんな場所に井戸とも思えない。小さめの砂山を円筒《えんとう》形《けい》にしたかのようだ。

一行が近づくと、暗く深い穴が開いていた。岩で出来ているようだ。

「むかーしの偉い人が作った灌漑《かんがい》施設の地下水路だ。この辺じゃ水はもう引いてねえが、結構遠くまで行けるぜ」

「かんがいしせつ」

桜はそれも何だか分からなかったが、後で物知りのアルちゃんに聞こうと心に書き留めた。しかし、ずっとおしゃべりだったアルちゃんが黙り込んでいるのが気にかかる。時々、桜の服の中でもぞりと動くので起きてはいるのだろうが、体調でも悪いのだろうか。

桜はそっと声をかけた。

「アルちゃん、今からかんがいしせつ、っていうのに潜るんだって。落ちないように、服から出ないでね」

「大丈夫ですよ」

桜の胸元からチョロリと顔を出したアルちゃんは、つぶらな目でじっと見上げた。

「僕は今、あなたの懐で『この世界は何か』を考えるのに忙しいのです」

——この世界は何か？

聞き返そうとした桜に、蜜蜂がロープとランプを取り出しながら言った。

「最初に砂鉄の兄貴が降りてから、三月の兄貴がお前をロープで下ろすぞ」

まず砂鉄が、ロープも使わずランプを片手に、穴の中に入った。

ほぼ垂直で壁には凹凸《おうとつ》も無いのに、彼は背中を壁につけ、足で逆の壁を蹴《け》りながら、どんどん下っていく。

「凄《すご》い……」

のぞき込んでいた桜は思わず呟いた。背中と足と片手であんなことが出来るなんて。

穴はかなり深いらしく、砂鉄の持つランプの火が遠くなっていく。

やがて彼の声が響いてきた。

「着いたぞ、結構せめえな」

「どんぐらいー?」

三月の呼びかけに、しばらくして応答があった。

「通路は六十センチほどだ。桜は慎重に下ろせよ、揺らすと怪我をする」

三月は桜の胸と腰をしっかりロープで固定すると、先端に作った輪に右足だけをかけさせた。

「なるべく動かないでね。穴の中で揺れてバランスが取れなくなった時だけ、左足で壁を押して」

「うん」

穴の中に下ろされると、一気に暗くなった。灯りは下で待っている砂鉄しか持っていないし、まだ明け方前なので垂直抗《すいちょくこう》にほとんど光は入らない。

桜はロープにつかまり大人しくしていた。そっと見上げると三月が腕の力だけで少しずつロープを繰り出している。

(凄いなあ、私の体重なんて平気なんだな)

桜が砂鉄と三月という男に会ってからつくづく思うのは、女との腕力の差だ。この人たちは桜何人分なら持ち上げられるのだろう。後で聞いてみよう。

やがてランプの光が大きくなってきて、砂鉄の待つ穴の底についた。

「すぐロープを解《ほど》くぞ」

砂鉄がそう言って手を伸ばしてきたので、桜は慌てて身を引いた。

「じ、自分でやる」

やっぱりこの人、顔が怖い。隻眼《せきがん》なのもあるが、目の鋭さにどうしても怯《おび》えてしまう。

だが桜が結び目を解こうとしても、堅くて動かせなかった。ギチギチに固定されている。

「あ、あれ」

三月は簡単に結んでいたようなのに。

すると溜息をついた砂鉄が、再び桜の結び目に手を伸ばした。少し指を動かしただけで、魔法のようにロープが解ける。

「これはロープワークだ。後で教えてやるから今は俺に任せろ」

「う、うん」

後で教えてくれるのか。

何だかちょっと意外だった。三月は桜に構いたがるが、砂鉄は必要最低限口を開かないし、ユースタスを助けるために桜が必要なだけだとばかり思っていたのに。

桜に続いて荷物が降ろされ、次に蜜蜂がロープ一本で壁を蹴りながら降りてきた。

「あれ、私も出来そうだけどな」

思わず呟くと、砂鉄がランプの火で煙草をともしながら言った。

「あれも技術だ。今は安全優先でお前を下ろしたが、もっと低い壁で教えてやる」

また、他にも教えてくれるのか。

少し嬉しくなり、桜は砂鉄ににこりと笑いかけた。

「ありがとう。楽しみにしてる」

彼の返事は無かったが、わずかに煙草の先が上がったのが了承の意だったようだ。

最後に三月が、砂鉄と同じようにロープも使わずするすると穴を下ってきた。ただ階段を降りているかのようなスピードで、何の造作《ぞうさ》も無いようだ。

一行はランプ一つで涸《か》れた地下水路を進んだ。砂に埋《う》まった岩盤《がんばん》を人力で掘ったものだそうで、遠い山裾《やますそ》から続いていると言う。

四人は黙々と歩いていたが、ふいに、蜜蜂が桜を振り返った。

「お前、歌える?」

「え」

何なんだ突然。

「歌？　島で女の人たちに習ったから、いっぱい知ってるけど」

「何でもいいから今、歌ってみろ。恋の歌がいい」

わけが分からなかったが、蜜蜂が黙り込んで歩くのに飽きたのだと思い、桜は知っている歌を頭の中で数えた。

（そうだ、ヤスミンが教えてくれたあの歌にしよう）

軽く息を吸った桜は、歌い出した。

ジャスミンの白い胸に火が灯《とも》る
火で糖蜜は煮えたぎり
たちまち甘い毒となる
麝香《じゃこう》より竜涎香《りゅうぜんこう》より甘い
その名は恋よ、おお恋よ

地下水路に桜の歌声が反響し、我ながらなかなか上出来だと思いながら歌い終わると、蜜蜂が呆れたような顔で振り返った。

「お前、歌へったくそな」

「えっ」

「いや、やべーだろ。俺もその曲知ってっけど、そんな調子っぱずれじゃメロディも分かんねーじゃねえか」

「えっ、えっ」

桜は慌てて三月を振り返った。

「わ、私の歌、下手だった？」

すると彼は困ったように笑い、首をかしげた。

「桜は可愛いからいいんだよ」

それは、つまり、どういう。

呆然としていると、突然、先頭の砂鉄が笑い声をあげた。

「錆丸は歌が上手かった。だが娘のお前が音痴《おんち》だってことは、金星が音痴だったのか」

とたんに三月も吹き出した。

「お、音痴の女神……」

苦しそうに腹を押さえている。

桜は憮然として言った。

「マリア婆ちゃんはいつも、桜の歌を褒《ほ》めてくれたもん！」

――いや、褒めてくれていただろうか。

確か桜が歌った後は、「一生懸命歌ったね」とかそんな言葉をくれていたような。

蜜蜂が肩をすくめた。

「ま、お前の歌には期待しねえわ。宙返りは出来るか？」

「？　それぐらいなら出来るよ」

「よし、芸人で行くか」

「芸人？」

「これから俺たちは身分を偽《いつわ》って旅しなきゃなんねえ。一見、妙な四人組だしな。だから裕福な商人と買われた芸人兄弟、そして護衛ってことにする」

裕福な商人は三月、芸人兄弟は蜜蜂と桜、そして護衛が砂鉄だそうだ。

「最初は俺とお前は商人の小姓《こしょう》にでもしようと思ってたが、芸人の方がいい。この地下水路抜けたら軽く変装するぞ」

男の子の服で、更に変装。

さっき歌を笑われむくれていたことも忘れ、桜の胸は期待で高まった。

それから数時間歩き続けているうちに、上が明るくなってきた。これまでは完全に岩盤に埋まっていたが、ところどころ陥没《かんぼつ》し、光が射してくる。もうすっかり朝のようだ。

さらに、地面に水が流れ出した。

「別の地下水路と合流した。こっからは普通に村人たちの生活用水だからな、お前、しょんべん漏らすんじゃねえぞ」

その蜜蜂の桜への軽口に、三月が笑顔で言った。

「蜜蜂くん」

とたんに蜜蜂が首をすくめ、すいやせん、と小さく呟く。

そのうち、水は足首ほどの深さになった。とても冷たくて気持ちがいい。なぜ水路を地下に造るのかと聞くと、この砂漠では普通の水道橋などではすぐ蒸発してしまうので、苦労して掘ったのだそうだ。

やがて小さな水門が見えてきた。

四人がそこから出て行くと、水路に溜まった草を掃除していた村人は驚いたようだったが、大騒ぎはしなかった。時々、涼しい水路を通路代わりに歩いてくる村人がいるそうだ。

そこは小さな村だったが、広い畑があり、水路の水でメロンという果物が豊かに実っていた。細かく畝《うね》を区切って平等に水を分けるよう計算されている。

(犬蛇の島にもこれぐらい水があったら、作物づくりも苦労しなかっただろうなあ)

三月は蜜蜂が用意していたという欧州《ヨーロッパ》風の服に替え、桜は蜜蜂から鈴のついた輪っかを渡された。

「これ、足首にはめとけ。少しは芸人らしく見えんだろ」

「でも、私たちが兄弟って無理じゃない？　私が男の子のふりしたって、たぶん顔が似てないよ」

「スルタンとかマハラジャなんて後宮《ハーレム》に世界中から女かき集めてるから、肌の色の違う兄弟姉妹なんざ溢れてるぞ」

そうかなあと桜は思ったが、犬蛇の島には鏡が無かったので、実は自分の顔をよく知らない。蜜蜂の顔をじっと見上げ、この顔のどこかに自分と似たところがあるのかと考えた。

「この村からは俺の商売相手に頼んで出航するが、次のジムヤードって港からは俺とお前は兄弟だからな。腹違いとか言っときゃバレねえよ」

その村には小さな港もあり、蜜蜂の手配した船が来ているはずだという。

港に行くと、船宿に屈強《くっきょう》な男が待っていた。これが船長らしく、蜜蜂が笑顔で言う。

「急な出航で悪ィな、ルド船長。夜も航海してもらうつもりだから、腕の良い船乗りが欲しかったんだ」

「ま、あんたとは何度も商売したし信用してるよ。ちょうど白檀《びゃくだん》を運ぶ仕事もあったしな」

真っ黒に日焼けした髭面《ひげづら》のルド船長に、蜜蜂は仲間を紹介した。

「こちら北方の遠国の旦那とその護衛、このチビは買われてく芸人。ジムヤードの港まで運んでくれ」

するとルド船長が、いきなり桜の顔をのぞき込んできた。髭面に驚いて身を引くと、三月から肩を抱かれる。

「うちの芸人に何か？」

「いや旦那、これは良い買い物をしたね。まだまだガキだが美形じゃないか。じっくり仕込んでやるといいさ」

桜の肩を抱く三月の手にわずかな力がこもったが、彼は笑顔で答えた。

「この子は高級娼館《しょうかん》に小姓として転売するつもりでね。その前に傷物にでもされちゃ困るんだが」

三月の話し方がいつもと全く違うので桜が驚いていると、ルド船長は慌てて手を振った。

「そんな物騒《ぶっそう》そうな護衛がついてる旦那の商品をどうこうなんて、全く思っちゃいねえよ。ジムヤードまで安心して乗っていておくれ」

その時、男がやって来て叫んだ。

「船長、風が変わりやした」

「よし出港だ」

桜はぞろぞろ歩く船乗りたちについて桟橋《さんばし》へ向かった。

クセールの港にあった船や、あの沈没船に比べれば小さいが、なかなか立派に見える。甲板《かんぱん》では船乗り達が忙しく出港準備をしており、その光景だけで桜はワクワクした。

すると、それまで桜の懐で沈黙を貫《つらぬ》いていたアルちゃんが少し顔を出し、一言だけ呟いた。

「帆船」

初めて乗り込んだ大きな船は、桜にとって何もかもが珍しかった。

出港してからは順調で、帆は風をはらんで大きく膨《ふく》らんでいる。船乗りたちは忙しく甲板を動き回っており、狭い海路《かいろ》に入ると、他の船と衝突しないように声を掛け合っていた。行き交う船も盛んに、鳴り物や手旗《てばた》で信号を送っている。

桜はなるべく船室にこもっているよう言われたが、三月に頼み込んで甲板に出させてもらった。見るもの全てが輝いており、さっきは怖かった髭面のルド船長さえ頼もしく見える。揺れる船上を歩き回るのにもすぐ慣れた。

さらに桜は、とても珍しい生き物を見つけた。

全身に茶色い毛が生《は》えており、ふわふわで、ウサギよりも少し大きい。まさか、あの生き物は——。

「犬⁉」

桜が大喜びで尋ねると、三月が苦笑した。

「猫だよ。ネズミ取りのために、船にはよく乗せられてる」

「あれが猫かあ……」

猫はロープの山に乗り、脚を大きく広げてペロペロ舐《な》めている。あれは毛繕《けづくろ》いしているのだそうだ。

「触ってもいいかな？」

「どうだろう。人慣れしてるとは思うけど」

桜はそうっと猫に近寄ってみたが、毛繕いから顔を上げて桜の顔を見ると、プイッとどこかに行ってしまった。がっかりしてしまう。

「いつか猫に触りたい」

「どこの港街にもいるよ。いま目指してるジムヤードってとこにもたくさんいるはずだから、もっと愛想《あいそ》のいいの探そうね」

慰める三月に、桜は大きくうなずいた。

外の世界には美味しいものがたくさんあって、これまで名前しか知らなかった動物もいる。楽しい。

その会話の間もアルちゃんは桜の懐から顔だけを出し、ただ黙って海を見つめていた。あまりに話さないので体調を尋ねたが、大丈夫です、と言う。

船乗りから配られた食事の時だけは、皿をのぞき込んでジャガイモとトマト、と呟いたが、桜はその美味しさに夢中になり、彼に聞き返すことはしなかった。

何と、その料理には肉がたくさん入っていた。牛という生き物の肉だそうで、桜も知識だけはあったが食べるのは初めてだ。しかも、こんなにたっぷり。

「美味しい、美味しい」

食べながらそう言い続ける桜に、三月が微笑んだ。

「牛肉とジャガイモをトマトと香辛料で煮込んだものだよ。この辺りじゃ普通の料理だけど、俺たちは客だから肉多めに入れてくれてるみたいだね」

アルちゃんにも食べるかと聞くと、香辛料をよけてジャガイモだけ下さい、と言われた。

夜になり、桜が船室でぐっすり眠る間も船は航海を続けたらしい。夜間に安全に航海する技術を持つ船乗りは貴重で、急遽《きゅうきょ》あの船長に渡りをつけた俺に感謝するんだな、と蜜蜂には言われた。

翌朝、船が狭い海路を抜け安定して沖を進むようになると、船乗りたちにも余裕が出来たようで三々五々集まってのんびりし始めた。

だが舳先《へさき》に一人だけ、奇妙な男がいた。

出港時から気になっていたのだが、髪は伸びきってボサボサで、服はかぶった布を腰紐で巻いているだけだ。それも擦《す》り切れて汚れている。

彼は船首の危険な場所に座り込み、ブツブツと何かを唱《とな》えていた。操船《そうせん》を手伝うことは全く無い。

「あれは誰？」

桜が尋ねると、蜜蜂は肩をすくめた。

「ありゃ持衰《じさい》っていう、お祈り屋だ。航海の安全を願うって役職だけど、最近はあんま見ねえな」

何でも、彼らは水と塩、穀物《こくもつ》のみを食べて身を清浄《せいじょう》にし、航海中はずっと祈り続けるそうだ。盲目や聾唖《ろうあ》者《しゃ》などが多いらしい。

「この辺りじゃ色んな国や宗教の奴らが一つの船に乗るかんな。お祈りの時に喧嘩しねえよう、ただただ航海の安全のみを祈る持衰が必要ってわけだ」

「へえ、そうなんだ」

「ルド船長はあんま持衰を頼まねえんだが、今回は夜も進むからな。念には念を入れたのかも」

外の世界には不思議な仕事もあるものだ。犬蛇の島にも熱心にお祈りをする女はいたが、海で祈る場合はあんなに髪をボサボサに伸ばさないといけないのだろうか。

アルちゃんがちょろりと懐から出てきて、桜の肩に留まった。黙って海を眺めている。

「桜さん」

唐突に彼は言った。

「昨日通ってきた細長い海路があったでしょう。幅200ｍほどの」

「うん」

「あそこはですね、スエズ運河と言うのです。全長はとても長いのですが、僕たちは途中から運河に合流し、地中海に抜けたのです」

「そうなの？　アルちゃん初めて来るのによく知ってるね」

蜜蜂も驚いたようだった。

「へー、蜥蜴のくせに詳しいな。あれ運河って言って、海底を掘って水路をつなげたんだぜ」

「だがなぜか、僕の知っているスエズ運河とは違う。水路が増えている」

独り言のようにそう言い、アルちゃんは遠くに見える陸へ顔を向けた。

「蜜蜂くん、あそこに建造物のなれの果てのようなものが見えますが、あれは何ですか」

桜も目を凝《こ》らしてみた。沿岸部に、丸くて大きい何かや、崩れた塔のようなものが見える。

すると蜜蜂が額に手をかざし、目を細めて言った。

「俺もこっち側の海に抜けるの初めてだからよく分かんねーけど、確か『こんびなーと』って遺跡じゃねえか。船長から聞いたことあんぜ」

「……分かりました」

それから蜜蜂はルド船長に呼ばれていった。

急遽船乗りを集めたため、その賃金の交渉で蜜蜂は頼られているそうだ。言葉の通じない者もいて、彼らと意思の疎通《そつう》を図《はか》るためにも蜜蜂は重宝されているらしい。

それを聞いたアルちゃんは、ぽつりと呟いた。

「言葉の、通じない者同士」

「どうしたの？」

「いえ。桜さん、お願いがあります。僕とあなた、そして砂鉄さんと三月さんだけで話をさせて下さい」

砂鉄と三月は甲板の舷側《げんそく》にもたれて煙草を吸っていた。常に桜が目に入るよう気を配っているようだ。

「船室よりは、船尾楼《せんびろう》の甲板がいいでしょう。甲板はいつも適度に騒がしいから、蜜蜂くんや他の船乗りたちに話を聞かれる心配もない」

アルちゃんの妙に改まった言い方に桜は身構えた。

そうか。

——あのことを聞かれるのか。

砂鉄と三月に近づき、アルちゃんが話があるというと、彼らは船尾楼に来てくれた。船乗りたちは前方甲板に集まって賭け事を始めたようで、こちらに関心は無いようだ。

砂鉄と三月は再び舷側にもたれ、煙草を吸い始めた。

木箱を引っ張ってきた桜が二人の前に据《す》え、正面に座ると、アルちゃんが口を開く。

「この世界が何か、教えて下さい」

この世界が何か。

クセールの街を出てから、アルちゃんがずっと考えていたらしいこと。

「ここは、生きていた頃の僕が知っていた世界とはまるで違う。まだクセールの街しか見てませんが、電化製品が一切無く、通りには車もバイクも見かけない。人々は前時代的な服ばかりで、スーツやジーンズさえいない」

車。バイク。

桜はだいぶ昔にその単語を聞いた覚えがあったが、いつの間にか忘れていた。何のことだっけ。

「さらに、あなた方二人は桜さんの大事な守護者だというのに銃さえ持っていない。まあ砂鉄さんは元々銃はあまり使わなかったようですが、三月さんまで」

銃。

それも犬蛇の島で聞いたことがあったが、かなり昔だ。何だっけ。せめて島に持ち込めたら、と言っていた女がいたような。

「おまけに、紅海沿いの街からグラナダまで移動するのに帆船。過去にタイムスリップでもしたのかと思いましたよ」

アルちゃんは淡々と続けた。砂鉄と三月は黙って聞いている。

「金星さんが最後の力を振り絞って桜さんを犬蛇の島に送ったのでしたよね。ついでに過去の時代に送るぐらい、彼女になら出来たかもしれない。でも、ここは過去ではない」

桜の肩からするりと降りたアルちゃんは、手のひらの上に乗ってきた。砂鉄と三月を真っ直ぐ見上げる。

「南米原産のトマトとジャガイモがすでに庶民レベルにまで普及している。船乗りが香辛料をふんだんに使っている。ここが大航海時代以前の昔なら在り得ない」

トマトとジャガイモについても、アルちゃんが昨日呟いていた。ずっと考えていたらしい。

「さらに、スエズ運河に細い水路が増えている。おまけに、石油コンビナートは『遺跡』と呼ばれている。教えて下さい」

アルちゃんの声があまりに真剣だったので、桜はつい、手のひらを持ち上げた。彼が少しでも砂鉄と三月の顔に近づけるようにする。

「──金星特急の旅から、ここは何年後の世界ですか」

すると砂鉄が煙を吐きながら、無表情に言った。


「七百年」


アルちゃんはしばらく固まっていた。

桜の手のひらで微動だにせず、じっと砂鉄と三月を見上げている。

三月がふうっと溜息をついた。

「そうだよ、桜が犬蛇の島に閉じ込められてから七百年経ってる。桜が百年に一歳の割合でゆつくり成長する間、人類はゆっくり衰退《すいたい》してってる。大雑把《おおざっぱ》に言うとそんなとこ」

「七、百年」

呆然と呟いたアルちゃんは、桜を振り返った。瞬きもせずにじっと見上げてくる。

「あなた、七百年もあの島にいたのですか」

「うん。でも金星堂ってところから必ず友達が来ていたから寂しくなかった」

八歳の時、一緒にいてくれたのはミシェルという若い女性だった。

フランスという国で修道女をしていたそうだが、金星が桜を犬蛇の島に送ると聞き、一緒に来てくれたのだそうだ。桜は彼女のことを覚えていなかったが、いつも側にいてくれる優しいお姉さんにずっと守られていた。

次に来てくれたのは、クリスティーナという初老の女性だった。ドイツという国で暮らしていた彼女は女性しか愛せないそうだが、長年連れ添ったパートナーが亡くなったのをきっかけに、桜を守るために来てくれた。

クリスティーナが老衰《ろうすい》で亡くなった頃、インドというところから若い女性が来た。彼女はシータ姫という人の孫だそうで、嫌いな相手と結婚したくないので犬蛇の島に逃げて来たそうだ。彼女もシータと名乗っており、いつも桜と一緒に遊んでくれた。

次は日本から、ユキという女性が来た。彼女も金星の友達だった曾祖母《そうそぼ》を持っており、日本の話をたくさん聞かせてくれた。

それから、エジプトというところからヤスミンが来た。先祖が金星の友達だったと言い、読み書きや算数の基礎を優しく教えてくれた。

そしてブラジルというところからマリアが来た。やはり先祖が金星の友達で、辛い恋をしたら金星堂で祈りなさい、逃げたかったら犬蛇の島に行きなさいと代々伝えられていたそうだ。

それから何度も、ミシェル、クリスティーナ、シータ、ユキ、ヤスミン、マリアがやって来た。同時に二人、三人いたこともある。

彼女たちはみな、桜より先に死んでいった。みんな大事な大事な友達だった。

最後はマリア婆ちゃんだった。彼女は歴代のマリアの中でも長生きした方だろう。

(絶対にパパを連れ帰って、マリア婆ちゃんに紹介するんだ)

桜から金星堂の女性たちの話を聞いたアルちゃんはしばらく黙り込んでいたが、やがてほうっと溜息をついた。

「金星の友人だったあの子たち、僕は全員と会っています。マリアさんは最も話しやすい、明るい方でした」

そうなのか。マリア婆ちゃんの祖先はそんな人だったのか。再会したら教えてあげなければ。

「七百年、約束を守り続けた金星堂の娘たち。感嘆しかありません。——そして」

アルちゃんは再び砂鉄と三月を見上げ、もう何を聞いても驚かないと決めた顔で尋ねた。

「桜さんは犬蛇の島で七百年間、金星堂の女性たちに守られていた。その間、世界がどうなったのか教えて下さい」

砂鉄と三月はチラリと目を見交わした。

三月がボソッと言う。

「砂鉄が説明して。俺は話すのが辛い」

彼は静かに目を閉じた。

（あ、相棒の人）

三月のことが気になったが、実は桜も外の世界で何があったのかよく知らない。ちゃんと聞いておかなければ。

「仕方ねえな」

砂鉄は淡々と説明し始めた。

「桜が七歳の時、金星特急の旅を再現した。錆丸が金星に会いに行った大冒険を、桜にも見せたいと言ってな」

その旅を終えてしばらくしてから、奇妙なことが起きた。

成長を止めた赤ん坊や子供に桜が触れると、再び育ち始めたという。

桜が金星の娘として何らかの力を発動するのではないかと恐れていた錆丸たちは、首をかしげたそうだ。癒《い》やす力だとしても対象となる患者は非常に少ないし、正直かなり地味だ。あの恐ろしい力を振るった金星から、いったい何がどう遺伝したのだろう。

それから数人、桜に触れて欲しいという患者が来た。ほとんどが子供だったが、中には三十代から全く容姿が変わらないため周囲に気味悪がられていた老人もいた。

桜が八歳になった頃、評判は少しずつ広まっていった。世の中には、「成長しない」「老いない」を隠している人間が少なからずいたのだ。病気でもなんでもなく、まるで新しい人類が生まれたかのようだった。

そんな時、もう死んでしまった金星が最後の力を振り絞り、愛しい夫に助けを求めてきた。

「これから成長を止める新人類はもっと増え、進化し、今の人類を滅亡《めつぼう》に導くだろう。金星はそう言った」

「新人類……成長を止める……もしや蒼眼《そうがん》の人々⁉」

「らしいな。この七百年世界を見てきたが、成長を止める人間は徐々に増えてきた。そのうち、二十歳頃で育たなくなるが知力や体力に優《すぐ》れ、さらには青い瞳で人間を惑わす奴らまで現れた。早死にするがな」

アルちゃんは桜の手のひらの上でくるっと一回転し、何事か考え込んでから言った。

「七百年ほど前から、少しずつ老いない人々が増えていった。彼らはやがて蒼眼へと進化する。桜さんには彼らを普通の人間に戻す力がある……」

「蒼眼はそんなに数はいねえが、とにかく賢く、戦闘力にも優れている。あっという間に各国のトップに上り詰め、文明を衰退させていった。どうもそれが、奴らの狙いらしい」

桜が犬蛇の島に隠されて百年ほど経ってから、世界には戦争が頻発《ひんぱつ》し出し、多くの命が奪われた。

疫病《えきびょう》が大流行を繰り返し、科学技術も失われていった。人類が何千年もの歴史で積み重ねてきた貴重な知識は、次世代に受け継がれなくなった。

「さらに蒼眼の奴らは、言葉も分裂するよう仕向けた」

「言葉……世界語《シージエユー》ですね」

「今でも身分の高い奴や知識層、商売人は公用語として世界語を話すけどな」

七百年前まで、世界の言語は統一されていた。桜もそれは何となく覚えている。

だが犬蛇の島に来る女たちに段々と別の言葉を話す者が増えてきた。出身地によっては全く意思疎通できない者同士もいた。

それを憂《うれ》えたアノイ将軍により、ここ数年は世界語の習得が必須とされ、話せない者は徹底的に教育された。戦う時、統制が取れなかったら困るからだそうだ。

「蒼眼は戦争のたびに民族感情を煽《あお》り立て、滅《ほろ》んだ自国語を復活させていった。自国語が成り立ち、産業が衰退しきってしまうと、民族衣装を着る奴が激増したな。まあ、安価な既製服が出回らなくなったから、昔に回帰《かいき》するしか無かったんだが」

そうやって衰退させられていった人類は、中世ほどの文明にまで落ちてしまったそうだ。農耕技術も伝えられないため食料調達も苦労し、人口はさらに減っていく。

アルちゃんは感心したように言った。

「蒼眼はよほど計算し尽くして人類を減らしているようですね。次は経済を回らなくさせるでしょう」

「貨幣経済が維持《いじ》できねえ国は増えたな。街を離れて自給自足に戻った奴らもかへいけいざい。また桜の分からない言葉が出てきた。今まで金星堂からやってきた女性たちにたくさん勉強を教えてもらったのに、自分はまだまだだ。

「金星は、蒼眼が人類を滅ぼすのを桜に止めて欲しいと願った」

ママ。

私のママ。

人類って、もしかして世界中にいる全部の人？

そんなことが私に出来るの？

アルちゃんが不審そうに言った。

「ならば、まだ八歳だった桜さんに老いない人々を治療させて回ればよかったのでは？　その頃なら平和的に、新人類が進化する前に消滅させることが出来たのでは」

砂鉄は肩をすくめた。

「老いない奴らは自分で気づいてねえのもたくさんいた。特に老《ふ》けてから成長を止めると気づかねえもんだし、七百年前は『奇妙で真っ青な瞳』っていう特徴も無かった。老いない奴らの間に少しずつ青い目が増えだして、今ののっぺりした妙な瞳を持つように進化したのはここ五十年ほどだ」

「五十年……」

「人類の敵である蒼眼がはっきりした特徴を持つようになるまで六百五十年かかってる。金星は蒼眼が進化を極めて完成してから桜に退治させたかった。だから、十五歳になるまで七百年かけて、桜にゆっくり力をつけさせたいと」

そうか。

私は蒼眼の人々を普通の人間にするため、あの島で力を溜めていたのか。毎日ママの樹に語りかけていたのは、そういうことだったのか。

アルちゃんは呆然と言った。

「なぜ、金星さんは自分の大事な娘にそんなことをさせたいのです……自《みずか》ら命を落としてまで産んだ子を」

あのまま日本で平和に暮らし、いずれ恋をして結婚し、長寿を全うする。

桜にはそんな道もあったはずだ。

そして未来の人類がどうなろうと放置しても良かったはずだ。

すると砂鉄は苦い笑みを浮かべた。

「金星にとっちゃ、人類そのものが自分の大事な子どもだとよ」

――自分の、子ども。

桜はその言葉になぜかドキリとした。

人間がみんな、ママの大事な子ども？　私だけじゃなく？

「何でも、金星ってのは時代の分岐点に現れる存在らしいな。だがこの世界に降り立った金星は、人間である錆丸に恋しちまった。許されない恋だったから、自分は『連れ戻された』のだと言ってた」

砂鉄のその説明を聞いて、アルちゃんは驚いた顔になった。

「あなた、なぜそのことを。僕は人間が知ってはいけない『世界の仕組み』を金星さんに教えてもらったからこそ、一緒に連れて行かれたのに」

「知らねえよ、別に秘密でも何でもなくなったんだろ」

肩をすくめた砂鉄に、アルちゃんは納得して頷いた。

「ああ、なぜ僕が突然、魂だけでもこの世に戻ってきたのかが分かりました。時代の分岐点に降臨する女神、その『世界の仕組み』はもう人間に知られても構わない話になったのですね。だから僕を、あの世にとどめておく必要がなくなった」

金星は成長した桜に、蒼眼を退治して欲しかった。そしてやはり大事な子どもである、この世界を守って欲しかった。

「しかし、そんな頼みをよく錆丸くんが許しましたね。いくら愛する亡妻《ぼうさい》の頼みとはいえ、人類の未来のため一人娘を戦わせて欲しいなんて」

「……選んだのは、お前だ。桜」

砂鉄から真っ直ぐ見られ、桜は驚いた。

三月も黙ったまま、じっとこちらを見つめている。

「もちろん錆丸は苦悩した。三月は大反対だった。だが、最終的に世界を救うと決めたのは桜だった」

——私が。

私が決めた。

「八歳だったお前は、何の迷いもなく人間を守ると言った。『だって学校のお友だちがみんないなくなるのはイヤだから』。金星の頼みをしっかり理解したが上で、そう笑っていた」

「……お友だち……」

「そして金星は、七百年後の未来に桜をたった一人で放り出すことはしないと言った。犬蛇の島にいる間は金星堂の女たちに守らせ、外の世界に出てからは『守護者』に守らせるとな」

桜には三人の伯父がいるそうだ。そして大事な友人である砂鉄とユースタス。金星は、彼ら五人と錆丸にこう言った。

「あなたたちの中から桜の守護者を三人選んで欲しい。そして迎えに行ってやって欲しいとな。選ばれたのは俺と三月、もう一人は桜の伯父で伊織《いおり》って奴だ」

伊織。

桜には聞き覚えのない名前だったが、三月の他にも伯父さんがいたのか。

桜はおずおずと聞いた。

「じゃあ、伊織、さんは今どこに」

「二百年ほど前から行方知らずだ。まあ、あいつのことだからくたばっちゃいねえと思うが」

「えっ」

桜の守護者なのに行方不明。大丈夫なのだろうか。

アルちゃんが桜の手の上で居ずまいを正し、真っ直ぐに砂鉄と三月を見上げた。

「つまり、あなた方は金星の力により老いることを止められた。そして七百年、桜さんを待っていた。ではお聞きしたいのですが」

彼はいったん言葉を切り、静かなトーンで尋ねた。

「ユースタスと夏草《なつくさ》さん、そして錆丸くんはなぜ眠っているのですか。彼らも一緒に七百年、桜さんを待つという選択も出来たはずです」

砂鉄は表情を変えなかった。

三月は静かに目を閉じた。

(夏草さん)

それがきっと、三月の相棒の名前だ。いったいどんな人だろう。

やがて、砂鉄が淡々と言った。

「桜を七百年かけて十五歳にするには、金星の力が足りねえと言われた。三人は守護者にするが、残り三人は眠りについて力を分けて欲しいと」

桜の父親である錆丸が眠りにつくのは絶対条件だった。分けられる力が強いそうだ。

そして、やはり桜と血のつながりのある伊織には守護者の一人として待っていて欲しいとも金星は言った。彼にしか出来ない、桜の守り方があるからと。

その話に桜は疑問を覚えた。

「……三月と私は、血はつながってないの？　伯父さんじゃなかったの？」

すると、それまで黙っていた三月がようやく口を開いた。

「錆丸と伊織は異父兄弟《いふきょうだい》。俺と、相棒の夏草ちゃんは義理の兄弟ってとこかな。でも全員、桜の伯父さんだよ」

つまり、三月の相棒は桜の伯父さんでもあったのか。

錆丸が眠りにつくことは決まった。

だがそれ以外に砂鉄、ユースタス、三月、夏草の中であと二人、選ばなければならない。金星は、恋人の片割れと相棒の片割れ、どちらかに眠って欲しいと頼んだ。

砂鉄は静かな声で言った。

「ユースタスは、俺のいない世界で七百年生きるのは耐えられないと泣いた。だから、俺がこの世界に残ることにした」

すると、三月も淡々と続けた。

「俺と夏草ちゃんは、最後まで揉《も》めたよ。ただ眠りにつくのと七百年さまようの、どっちが辛いかなんて分かりきってるし。結局、コイントスした」

夏草は眠りにつく瞬間まで三月を心配していたそうだ。

こうして砂鉄は恋人を、三月は相棒を、伊織は血を分けた兄弟を見送ることになった。大切な誰かと離ればなれになる、その慟哭《どうこく》のエネルギーが桜の成長のために必要なのかもしれない。

金星が眠りにつかせた三人は、世界のどこに送られるか分からないらしい。砂鉄と三月、伊織ならきっとその場所を見つけられるはずだとも言われた。

だが、発見できたのはユースタスだけだった。

眠りについてから二日後、砂鉄は二人の思い出の地であるグラナダで、樹に変えられた彼女に会えた。

「……樹？　ユースタスさんは、樹になってるの？」

「ああ、すぐに分かった。場所も簡単だった」

ということは、夏草と錆丸も世界のどこかで樹になっている。そして三月と伊織ならそれを捜し出せる。そのはずだった。

だが。

「……夏草ちゃんは、あの場所にいなかった。母親のお墓だよ」

三月がポツリと呟いた。

「夏草ちゃんが眠るなら、あそこしかあり得ないと思った。あんなに苦労して捜し出した、故郷の村なのに」

三月は夏草の故郷や周辺を探し回ったが、どこにもいなかった。

彼が傭兵《ようへい》として赴《おもむ》いた土地にも全て行ってみた。桜の伯父として安住の地となっていた横浜もくまなく歩き回った。

――だが、夏草はどこにもいない。

伊織も錆丸を発見できなかったが、こちらはある程度、楽観視していた。十五歳になった桜さえ迎えに行けば、父親を見つけられるだろうと思われたのだ。

そして、七百年が経った。

アルちゃんは、三月の顔を見上げて絶句していたが、やがて静かに言った。

「三月さん。あなた狂いませんでしたか」

すると、三月は泣き笑いのような表情になった。

「狂えるなら狂いたかった。桜を迎えに行くっていう使命が無かったら、俺はたぶん、絶望で死んでた」

ふいに、桜は木箱から立ち上がった。

アルちゃんを肩に乗せ、そのまま三月に両腕を伸ばす。

「私が見つける」

涙がにじんできた。

三月を強く抱きしめる。

「私が絶対に、夏草さんもパパも見つける」

だから伯父さん、無理に笑ったりしなくていい。


「あれが、帆」

「そうです、大きな三角帆を持つダウ船はこの地域特有ですね」

「あれが、マスト」

「背の高い方がメイン・マスト、後方のがミズン・マストです。帆船《はんせん》は世界中どこでも、マストに張った帆を操《あやつ》って風に乗る帆走《はんそう》が基本です」

桜《さくら》は目を細め、逆光に浮かび上がるマストと膨《ふく》らんだ三角の帆を見上げた。ロープが伸びきってギシギシと音を立てている。

眩《まぶ》しくなって目を下ろすと、今度は船室の脇に積まれた木箱が目に入った。

「これは……ココ椰子《やし》？　島に時々、流れ着いて来てたよ」

「飲料水代わりに積まれているのでしょう。隣の果物はライム、あれをココ椰子ジュースに絞《しぼ》れば航海に付きものの壊血病《かいけつびょう》を防げます」

アルちゃんは何でも知っていた。

甲板《かんぱん》を歩き回りあれこれと質問する桜に、よどみなく答えてくれる。アルちゃんだってこの船は初めてなのにどうして知ってるのかと聞くと、ダウ船は二千年ほど姿が変わっていないからだと教えてくれた。

「この海域の帆船として完成形の一つだからですよ。はるかに文明の進んだ七百年前も、現役で漁《りょう》や観光に使われていましたし」

さっきから桜は、甲板をうろうろしてはアルちゃんを質問攻めにしていた。砂鉄《さてつ》と三月《さんがつ》はただ煙草を吸いながら、そんな自分を見守っている。

——狂えるなら狂いたかったと、絞り出すような声で言った三月の表情。

あれが胸に刺さって落ち着かず、何かせずにはいられないのだ。

本当なら今すぐアノイ将軍の特訓を受けたい。矢を次々と放って海鳥を狙いたいし、海に潜《もぐ》って魚を突きたい。

だが芸人のふりをしている今、そんなことは出来ない。なのでせめて、外の世界で初めて見るものたちを知ろうと努めている。

ママは桜に、世界を救って欲しいらしい。

でも蒼眼《そうがん》を全て倒す方法なんて今は全く分からない。そんな使命があるのもピンとこないし、幼かった自分がその道を選択したことも覚えていない。

ただ今は、目の前の人を救いたい。あんな三月を放っておけないし、砂鉄のユースタスさんだって早く起こしたい。

そのために、自分は外の世界に慣れる必要がある。急いで知識を吸収しなければならない。

桜は大三角帆を張る軸索《じくさく》に昇った船乗りを指さした。

「あの人は何をしてるの?」

「帆の調整ですね。今、この船は逆風を切りながら進んでいます。二つの帆を左右に操って、風を受け流して推力《すいりょく》を得ているのです」

さっきから桜も、風が変わったのには気づいていた。

後方から風を受けていた時はのんびりしていた船乗りたちが、しばらくの凪《なぎ》の後、逆風が吹き出すと忙しくなったのだ。ルド船長が指示を出し、ロープを操り、マストに登り、総動員で操船《そうせん》している。甲板の揺れも大きくなった。

「逆風でここまでスピードを出せるのはルド船長だけでなく、船乗りたちの腕がいいからですよ。この難しい風で裏帆《うらほ》を打たせずに操っています」

「裏帆?」

「逆風を上手に受け流せないと、突然、『バン！』と大きな音を立てて帆が逆側に膨らむことがあります。新米の船乗りがよくやる失敗ですね」

「へえ」

舵やロープを操る男たちを、桜は興味深く眺めた。みな日焼けして筋肉質、声は割れ、髭《ひげ》を生やしている。初めて見た男が砂鉄と三月、そして蜜蜂《みつばち》だったのでみんなあんなものかと思っていたが、かなり違うようだ。自分とは全く別の生き物に見える。

船乗りの一人が海に向かって船縁《ふなべり》に立ち、自分の下半身をゴソゴソとさぐった。彼の腰あたりから水流が輝きながらほとばしるのを見て、桜は指さした。

「アルちゃん、あれは？」

「……まあ、生理現象の解消と言いましょうか。女性であるあなたにあまり言いたくはないのですが、彼は放尿中なのです」

「えっ、海にオシッコしてるの⁉」

驚愕する桜に、アルちゃんは小さな咳払《せきばら》いをした。

「女性だけの島で育った桜さんには信じられないでしょうが、世の九割の男性は人前で放尿することに何の恥じらいも覚えませんよ」

「違うの、貴重な尿を海に捨てるなんて許されるの？」

犬蛇《けんじゃ》の島では、決められた場所でしか排泄《はいせつ》は許されなかった。それらは埋《う》められて発酵《はっこう》して肥料となり、芋《いも》や野菜を育ててくれていた。島に来た蒼眼《そうがん》の女が授《さず》けてくれた知識で、おかげで収穫量は格段に増えた。

するとと、アルちゃんは面白そうに言った。

「なるほど、船乗りならば当たり前の習慣も、桜さんには『海に尿を捨てている』と思えるのですね」

その時、桜の目の前を猫が通りかかった。

ネズミの首根っこをくわえ、尻尾《しっぽ》を高く上げ、しなやかにロープの束を乗り越える。

「ねこ……」

思わず手を伸ばしたが、猫はチラリと桜を見ると鼻先をフンと前に向け、舳先《へさき》へと歩いて行った。ガッカリして肩を落とす。

猫は持衰《じさい》のかたわらに座り込み、ネズミをぽとりと離すと、悠々とあくびをした。あの場所がお気に入りらしい。

「持衰、いいな。ねこがずっとくっついてる」

「猫はたいがい、うるさくない人間が好きですからね」

船乗りの一人が、持衰の裾《すそ》を引いた。コップと皿を差し出している。船で支給される食事とは違うようだ。

「持衰は真水と塩と選ばれた穀物《こくもつ》しか食べないのでしたね。皿を見てみたいです、桜さん、行ってみましょう」

アルちゃんがワクワクした口調で言うが、お祈りの途中の神聖な食事を邪魔してはいけないのは、島育ちの桜でさえ知っていた。島には修道女や巫女《みこ》、仏教の尼《あま》も来ていたし、彼女らの食事作法は少し異なっていたのだ。

だがためらう桜をアルちゃんは急《せ》かした。

「蜥蜴《とかげ》の僕は他人に話しかけられないため、言語学のフィールドワークが不可能なのです。せめて民俗学的見地から珍しい職業である持衰の食事を拝見したい」

有無《うむ》を言わせぬ口調なので、桜は仕方なく、船縁で片膝立ちに腰掛けてのんびりライムを囓《かじ》っていた蜜蜂に声をかけた。

「持衰の人にご飯見せてって頼むの、失礼かな?」

「ア?　持衰の飯ィ?」

なぜそんなものに興味が、と言いたげな顔になった蜜蜂だが、少し何か考えた後、ライムの皮をペッと海に吐き捨てた。

「ま、いいや。お前なら警戒されねえだろうしな」

船縁から飛び降りた蜜蜂は、船板を指さした。

「この船板の目を七つ数えながら舳先に近づけ。持衰に声をかける礼儀だから」

ダウ船の船板は植物性の繊維《せんい》で継ぎ合わされており、瀝青《アスファルト》や獣油で塗り固められているそうだ。釘《くぎ》を使わないのが特徴で、船の安全を祈願する持衰に話しかけるには、まず手の込んだ船板に挨拶《あいさつ》しながら進むらしい。
一、二、三、四、五、六、七。
七つまで数えるのを何度か繰り返し、桜は舳先の持衰に近づいた。端然《たんぜん》と座《ざ》し、指で一粒ずつ穀物をつまんでいる彼に声をかける。

「あの、お食事中、失礼します」

緊張する桜に、蓬髪《ほうはつ》の中の目が向いた。どこを見ているかよく分からないが、食べる手を止め、話の続きを待ってくれているような気がする。

桜は唾《つば》を飲み込み、丁寧に言った。

「他の船乗りさんたちと違うお食事のようですが、何を召し上がってるんでしょうか？」

すると、持衰は何やら手を軽く動かした。——合図？

「なぜだ、って聞いてるぜ」

蜜蜂が言った。

彼もまた軽く手を動かし、持衰に向かって何か合図を送っている。あれは、見覚えがある。

「手話ですね」

アルちゃんが呟いた。

「持衰には盲目や聾唖者《ろうあしゃ》が多いと彼は言っていましたね。しかし、蜜蜂くんが手話も出来るとは驚きです」

手話ならば桜も知っていた。

七百年の間、島にも聾唖の女が何度か来た。彼女らから手を使って話す方法を桜も習ったことがあるが、ほとんど忘れてしまった。

「こいつヒマだから船のあちこち見物してるんだ、って説明したら、なぜ持衰の食事にまで興味を持つのか、だってさ」

蜜蜂に通訳されて桜が困っていると、耳元でアルちゃんが囁いた。

「興味本位です、とお伝え下さい。経験上、こうした職業の方に下手な理由付けは下策《げさく》です」

興味本位か。まあアルちゃんはそうなのだろうが、桜はそれを直接伝えがたかった。なので、自分なりに解釈して言ってみる。

「私は今まで小さな島にいて、魚と芋ばかり食べてきました。なので、外の世界の食事が珍しくてしょうがありません。他人が食べているもの全てが気になります」

持衰はじっと桜の唇の形を見ているようだった。こちらの言うことは分かるようだ。

しばらく彼は動かなかった。気を悪くさせたかと焦っていると、スッと皿を差し出される。

粗末《そまつ》なブリキの皿に乗っているのは、円錐《えんすい》に盛られた塩と、数種類の雑穀《ざっこく》や豆類だ。そして何らかの粉が少し。

「精製されていない天然塩、小麦によるクスクス、ひよこ豆、ライ麦、エン麦《ばく》。この粉は乳香《にゅうこう》でしょうか、祈りに使うのですね」

アルちゃんが満足そうに囁く。彼の「研究」的に何かしら納得したらしい。

桜は軽く膝を折り、持衰にお礼をした。

「ありがとうございます。お食事中失礼しました」

蓬髪の中の目は動かなかったが、皿は引っ込められた。黙々《もくもく》と豆を食べ出す彼に、横から猫がちょっかいをかける。

猫にそうっと手を伸ばしてみたが、こちらを見もせず尻尾の一振りで追い払われ、桜はすごすごと退散した。

舳先から離れると、蜜蜂が小声で言う。

「お前も、一応はあたりつけて回ってんのか？」

「あたり？」

「ルド船長と船乗りたちは、ほぼ顔見知りでつながっている。だけど持衰は雇われ部外者だからな。外から隔絶《かくぜつ》された船の上で、どんな対象にでも接触しとくのは基本だぜ」

なぜそれが基本なのか桜は全く分からなかったが、蜜蜂が説明してくれた。

「船上で殺し合いでも勃発《ぼっぱつ》すりゃ、甲板で即席裁判が始まる。その時にゃ部外者の持衰は最良の証言者になる。少しでも心証良くしとかねえとな」

「こ、殺し合いが始まるの？」

「万が一って話だ。どんな事態でも想定しとけってことだよ」

突発の殺し合いなら、アノイ将軍が来る前の島でもたびたび起きていた。裁判もあった。だが、起こるか起きないか分からない事態のため、念のために根回ししておくのか。商売人とはみんなこうなのだろうか。

これも「年上の言うこと」として心にメモしておいた方がいい。自分に今できるのは、ただひたすら学ぶことだけだ。

すると、アルちゃんが蜜蜂に向かって身を乗り出した。

「蜜蜂くん。君が手話を使えるのには驚きましたが、世界語《シージエユー》を話さない他の船乗りたちともコミュニケーションを取っていますね。いくつの言語が話せるのですか?」

「言語?」

蜜蜂はしばらく空を睨んでいたが、軽く首をかしげて言った。

「三十ぐらいか? ちゃんと数えたことねえや」

「三十? どの辺りの語族を」

「語族? さー、知んねーけど、クセールには東の果てから西の果て、北の雪原や南の砂漠からも隊商《キャラバン》が来てたからな。奴らが話すの聞いてたら覚えた」

「元言語学者としては非常に興味があります。あなたは耳がいいのですね、だからあの賑《にぎ》やかな貿易港で売買仲介人《ばいばいちゅうかいにん》として名を馳《は》せていた」

はるか遠い国々同士の取り引きを扱う場合、普通は二人か三人、時には四人もの通訳を介す必要がある。当然、秘密裏《り》に有利な売買など難しい。

だが蜜蜂ならば一人で取り引きを仲介できる。通訳を雇う金も安く済むし、耳ざとい商売人たちに話を漏らさずサッと取り引きできる。なので重宝されていたらしい。

アルちゃんが桜の手のひらまで進み出て、蜜蜂を見上げた。

「なるほど。なのであなた、あの砂鉄さんと三月さんにも頼られているのですね。非常に優秀です」

蜜蜂がわずかに眉根を寄せる。

「当たり前だろ。俺以外に、あの状況でクセールから脱出の船を手配できる奴なんているかよ」

「ええ、もちろんあなたしかいなかったでしょう。僕が知る砂鉄さんと三月さんは非常に警戒心の強い、他人を絶対に信用しない優《すぐ》れた傭兵《ようへい》でした。そんな彼らでも、赤の他人のあなたをなぜか旅に同行させるほどに、素晴らしく有能なのですね」

蜜蜂はそれに答えなかった。

無表情にアルちゃんを見下ろしている。奇妙な沈黙が流れた。

だが桜はその微妙な空気に気づかず、別の思惑にとらわれていた。

——言葉。

それはとても大事なことだと、桜も知っている。

自分が八歳の頃、島の女はみんな世界語を話していた。だがどんどんと他言語を話す女が増え、一時期は話せる者と話せない者でグループ抗争まで起きていたのだ。

きっとこの先、旅をする上で言葉は重要になる。蜜蜂は優秀な通訳だろうが、彼は一時的にくっついてきているだけだし、大事なことは話せない。

自分が言葉をたくさん覚えなくては。でないと、夏草《なつくさ》さんやパパを捜すことは出来ない。

「蜜蜂。私に言葉を教えて」

桜は顔を上げ、真剣に言った。

「たくさん話されてる言葉からでいい。世界語の次に使える言葉から教えて。島の女の人たちとも話してたから、大体は分かると思うの」

「……いいけど、お前は授業料、いくらくれんの」

皮肉な口調で言われ、桜は驚いた。

犬蛇の島に来た金星堂の女たちは、桜に何でも教えてくれた。見返りを求めたことなど一度も無かった。

だが、「先生」には礼をしなければならないという知識はある。少し考え、言ってみた。

「う、歌ならたくさん知ってるけど」

とたんに蜜蜂が目を剝《む》いた。

「クソ音痴《おんち》のくせに歌で返礼しようとかすんじゃねーよ、ばーか！」

その後、ルド船長に呼ばれた蜜蜂は船乗りたちと賃金の交渉にあたった。白昼の甲板で即席の交渉会が開かれる。

急遽《きゅうきょ》あつめられた面子《メンツ》のため、まだ全員としっかり契約が出来ていない。金ははずむという口約束だけだ。

なので蜜蜂は、一人一人と条件を詰めていった。目的地ジムヤードまでの日数、配給食、配給酒、肉体的損傷を負った場合の補償などだ。どの船乗りも手練《てだ》れとの自負があり、かなりの高給を要求してくる。

最後の一人とようやく話がまとまった後、ルド船長が言った。

「さすがだな、蜜蜂。あの荒くれどもと話をつけられるとは」

「まー、急な出航《はしり》だったし、だいぶ高くついたがな」

アノイ将軍からかなりの旅費をもらっていたため、まだこちらの懐《ふところ》には余裕がある。だが抜け目の無いこのルド船長に、それを悟《さと》られてはならない。

ルド船長はパイプに煙草の葉を詰めながら、ミズン・マストにもたれて海を見つめる三月の方を見た。何気なく尋ねる。

「あの旦那は北方の商人だってことだが、ずいぶんと急いでクセールを出るんだね」

探りが入った。

まあ、ここは慎重にかわそう。

「国元で政変《せいへん》だとさ。小麦も綿も価格が流動するだろうし、商売人ならいてもたってもいられねえだろうさ」

「商売人ってより、貴族のボンボンみたいな顔してるな。ずいぶんな優男《やさおとこ》だ」

——まあ、一見はな。

心の中でそう付け加えながらも、苦笑してみせる。

「身分は高いらしいぜ。娼館《しょうかん》通いばっかで剣の一本も扱ったことがねえって言ってた」

「女の扱いは上手そうだが、そっちはからっきしか。だが、あの片目の護衛は強そうだな」

ルド船長は、三月から少し離れたところで煙草を吸う砂鉄をジロジロ見た。

「剣も携《たずさ》えちゃいないが、あれは強い。俺には分かる」

「あー、なかなかの腕利きらしいけど。優男の旦那が金をはずんだそうだぜ」

「どこの出身だろう。衣装に特徴も無いし武器を持っていないから、どうもよく分からん。蜜蜂、お前でも見当はつかないか?」

「さあ、ペルシャ辺りの顔立ちにも見えっけど、どうだろな」

砂鉄をしきりと気にするルド船長の勘の良さだけは褒《ほ》めたいと、蜜蜂は思った。彼が目に見える武器を携えていないのは、大抵の敵は素手で十分だからだ。

次に、ルド船長は舳先へと目をやった。

まだぐずぐずと猫の側《そば》を離れず様子をうかがっている桜を、上から下まで眺め回している。

「あの芸人、十三、四ってとこか。売り時だな」

「知らねえよ、俺にとっちゃ旦那の買った商品だってだけさ」

しばらくルド船長は黙って桜を見つめていた。ボソッと言う。

「足首、ほせえなあ」

「……」

「首もまだ細い。あれぐらいの年が一番いい」

女だということはばれていないようだ。

単純に、桜という「少年」に対しての性的興味を抱いている。まあ船乗りには多いから仕方が無いが、ここで釘《くぎ》を刺しておかなければ。

「あの子は旦那の商品なんだから、ぜってー手ェ出すなよマジで。俺を含む四人の安全保障は、契約に含まれてんだからな」

「分かってるさ。眺めるぐらい構わんだろ」

まさに舐《な》め回すような視線で桜を見ている。三月にこのルド船長の顔を知られたら、一瞬で首筋を切られるだろう。

蜜蜂は溜息をつき、彼の気をそらすために話題を変えた。

「そういや白檀《びゃくだん》の取り引きもするんだって？　今、値上がりしてんよな」

「お、そうそう。この先、儲《もう》け話になりそうな商品、お前なら何か知ってるだろ。教えろよ」

案の定、金の匂いにはすぐ飛びついてきた。蜜蜂はしばらくのらりくらりとかわしてみせ、最後に、しょうがないなあ、と溜息をついた。

「ま、急な船出に乗ってくれたルド船長だ。とっておきを教えてやっけど、他の奴らには言うなよ。白檀の次は捺印粘土《なついんねんど》が絶対に値上がりする」

ルド船長は身を乗り出してきた。

「捺印粘土？　聞いたこともないな」

「羊の血と数種の香料、ピスタチオ、それとキオースの海で採《と》れる海藻《かいそう》を粘土に混ぜて葡萄《ぶどう》ぐらいの大きさに丸めたものだ」

「そんなの、よくある薬じゃないか。どこでも買える」

「捺印粘土は、そこに有りがたい魔方陣が刻まれてんのさ。有名な呪《まじな》い師が、七日七晩かけてお祈りしながらな。どんな毒でも一発で消すんだと」

「毒消し……」

「ダマスクスで大人気だ。そのうち、欧州《ヨーロッパ》の奴らがこぞって欲しがるようになるぞ、あいつらお家騒動で毒殺ばっかしてっし、アラビアの魔法みたいなのありがたがっからな」

適当に口から出任せを言うと、ルド船長はチラッと蜜蜂の目を見た。

「実物は今、持ってないのか？」

「今はねえよ。だけど商人の旦那を無事にジムヤードで降ろせたら、俺も飛んで帰って仕入れようとは思ってる」

ルド船長は両腕を組み、捺印粘土について真剣に検討しだした。まあどんな商品に手を出すかは本人の自由だし、せいぜい考えればいい。

彼の気が桜からそがれたのに安心し、蜜蜂は彼女を横目で見た。また猫に話しかけては無視されている。

（桜そのものはチョロい。いくら邪眼殺《じゃがん》しとはいえ、砂鉄と三月の兄貴の目を盗んで丸め込める。だけど、あの蜥蜴がやべえな）

さっき、アルちゃんは砂鉄と三月がなぜ蜜蜂を簡単に旅に同行させたのかと牽制《けんせい》してきた。まだ、蜜蜂の真の力に気づいたわけではないだろう。それならばもっと警戒されるはずだ。だが彼も蜜蜂と同じだ。あらゆる事態を想定し、あちこちに「とっかかり」をばらまいておく。そのほとんどは無駄になるが、当たりは必ずどこかにある。それを知っているのだ。

（あの知識量もやべえ。しかも、やたらと弁《べん》が立つ）

いま思い返せば、犬蛇の島から脱出する時、コイン一枚で蜜蜂を騙《だま》して船を五回も往復させたのはアルちゃんの入れ知恵に違いない。薄ぼんやりした桜にあんな真似が出来るはずがない。(しゃべる蜥蜴ってだけで変なのに、いったい何者だよ。それに、さっき聞こえてきた『七百年』が気になる)

まだ風が凪《な》いでいた午前中、船尾楼で砂鉄と三月、桜とアルちゃんが集まって何か話し込んでいた。妙に深刻そうな顔で。

蜜蜂は頑張って「聞いて」みたが、風に乗ってわずかに届けられた単語は「七百年」だけだった。

――七百年。

いったいどういう意味だろう。歴史の話でもしていたのだろうか。

桜は持衰と猫の側を離れないまま、ぼんやりと甲板を眺めていた。

一通り、船の構造は把握した。蜜蜂には言葉を教えてもらう約束も取り付けた。授業料は砂鉄の借金に上乗せされるそうだが。

さて、今の自分に他に出来ることは何だろう。本当は弓の訓練が一番なのだが。

つらつらと考えていると、アルちゃんが言った。

「船内の冒険は終わりですか」

「うん。少し疲れちゃった」

「では船室に戻られては。直射日光は目や肌を傷めますよ」

「……うん、でも、ここでいいや」

何となく、船乗りたちがいる船室に戻りたくなかった。今は帆走も順調で暇らしく、手の空いた者は賭け事に興《きょう》じているらしい。

だが、砂鉄と三月の側に行ってさっきの話を繰り返すのもためらわれた。今まさに恋人のもとへ向かっている砂鉄はともかく、三月は夏草のことを話すだけで心臓を貫《つらぬ》かれたような顔になる。あれを見ると桜の胸も痛む。

かといって、蜜蜂とおしゃべりもしたくなかった。ルド船長と何か仕事の話をしているようだし、桜は正直、あの髭面《ひげづら》が怖い。

だがルド船長の何が怖いのか、具体的にはよく分からない。

砂鉄や三月、蜜蜂と見た目がだいぶ違うだけではない。上手く表せないが、彼が桜を見る時、何かが――。

「桜さん。あなたが今、真っ先に学ぶべきことを教えて差し上げましょうか」

唐突にアルちゃんが言った。

「え？」

「三月さんを助けたい、ユースタスのことも早く起こしてあげたい、そのためにあなたは必死に成長しようとしている。それは分かります。ですがまず学ぶべきは帆船の構造でも言語でもなく、人を見る目です」

人を、見る目。

それはいったいどういう意味だろう。視力ならば島の女たちの中でも抜群に優《すぐ》れていたのだが。

「桜さん。あなたは今なぜ、船室に行きたくないのですか」

「……船乗りさんたちがサイコロで遊んでいるから、邪魔したら悪いかと思って」

「あなた一人ぐらい見物したって邪魔にはなりませんよ。桜さん自身が彼らに近づきたくない理由を、言葉で表して下さい」

「それは」

桜が甲板を歩き回っている間、たびたび彼らとすれ違った。マストの上からも見下ろされた。肩が触れたこともあった。

——そのたびに、じっと見られた。

あの目が何だか、怖い。瞬《まばた》きもせず、言葉もなく、ただじっと見つめてくるたくさんの目。

「……見られるのが、何でか怖い。砂鉄や三月、蜜蜂は平気なのに、この船の人たちに見られると、なぜかあんまり近寄りたくないなって気になって」

「それはですね、彼らがあなたを性的な目で見ているからですよ」

「せいてき」

「無意識にせよ意識的にせよ、欲望の対象としてね。少年だとは思っているでしょうが、あなたが男を全く知らない無垢《むく》で純粋な存在だと、匂いで察しているのです」

言われていることがよく分からなかった。

欲望、という言葉の意味は知っている。だが、なぜかアルちゃんの話にかすかな嫌悪《けんお》を覚え、理解したくないとさえ思ってしまう。

「あなたは今まで女性だけの島で暮らしていた。それがいきなり、男だらけの船上にいる。いいですか、彼らの桜さんを見る目は、男としてごく当たり前です。普通のことです」

それにはゾッとした。

みんな、あの目で桜を見るのか？

「率直に申し上げると桜さんは美しい。少年の姿をしていても目を引くのだから、少女の姿に戻れば男たちの視線はあんなものではありません。あなたを見た瞬間に頭の中で裸にさせる輩《やから》など大勢います」

思わず服の胸元を両手で握りしめた。

頭の中で裸にさせる。その言葉がひどく汚れて聞こえて、なぜアルちゃんは自分にこんなことを聞かせるのだろうと腹が立った。

「そんな話聞きたくない」

「いいえ聞いて下さい、僕は真剣です。あなたが真っ先に学ぶべきは人間の観察眼、そして自分が周囲からどう見られるかということです」

アルちゃんは珍しく強い調子で続けた。桜の髪飾りから降りると、手のひらを開くよう要求し、そこに鎮座《ちんざ》して見上げてくる。

「あなたのお父さん、錆丸《さびまる》くんが金星特急の旅を始めた時、彼はたった一人でした。味方も無く、力も無く、知恵も無く。ですが彼には一つだけ、強力な武器がありました。人間を見る目です」

錆丸。私のパパ。

そうだ、砂鉄や三月だけでなく、アルちゃんもパパのことをよく知っているのだ。金星特急の旅に同行したと言っていたではないか。

「彼は不幸な生《お》い立ちでした。遊郭《ゆうかく》に生まれ、母親に愛されず、学校でも娼婦の子と呼ばれていた。周囲に蔑《さげす》まれていたからこそ、彼は慎重に相手を観察し、見極めるのが癖になっていたのです」

娼婦とは、男性と何らかの行為をして金を得る仕事だったはずだ。私のお婆さんにあたる人は、それだったのか。

「彼は人を見る目があった。そして優しい子だった。金星特急は過酷でしたが、彼は砂鉄さん、ユースタス、三月さん、夏草さんとどんどん仲間を増やしていきました。他にもたくさん、錆丸くんに魅了されて助けの手を差し伸べましたよ」

「……」

「桜さん、あなたの旅は最初から、砂鉄さんと三月さんという強力な守護者がいる。僕だってもちろん味方です。あなた自身も七百年もかけて犬蛇の島でたくさん学び、弓矢の腕は相当なものでしょう。錆丸くんが十五歳の時と比べれば、ずいぶんと有利な旅立ちです。ですが、あなたには大きな弱点がある」

桜は七歳まで、父親、三人の伯父たち、義理の祖父母から絶大な愛情を受け、幸せに育ったそうだ。

そして八歳で犬蛇の島に来てからも、金星堂の女たちから常に守られ、愛されてきた。

「あなたは、愛されなかったことがない。誰からも傷つけられず、孤独も知らない。真っ直《ます》ぐに育ったその心は実に美しいものでしょうが、反面、もろさを含んでいるはずです」

誰かに傷つけられたこと。

確かに桜には、その経験は無かった。

島の中に、いつまでも成長しない桜を化け物でも見るかのような目で怖がる女もいるにはいた。だが他人の成長に構っていられるほど呑気《のんき》な環境でもなかったので、彼女たちの興味はすぐに、その日の食事を確保できるかだけに向いていった。

孤独という言葉の意味も、確かによく分からない。自分には七百年ずっと、ミシェルやマリアたちがいた。彼女たちが多大なる愛情を注いでくれていたのだ。

「人を見る目は一朝一夕《いっちょういっせき》で育つものではありません。ですからまず、あなたは周囲が自分を見る目に慣れなさい。特に男たちからのね」

「……うん」

その時ふいに、桜の髪に何かがパラパラと降ってきた。

慌てて顔を上げると、それまで甲板に背を向けて祈っていた持衰が振り返り、何かを振りまいている。

「し、塩？」

なぜか突然、持衰から塩を振りまかれたようだ。

意味が分からず戸惑っていると、持衰は再びゆっくりと海に向かい、祈りを再開した。猫は相変わらず、彼の膝で悠然とくつろいでいる。

ふいに、桜の腕が背後からグイッと引っ張られた。

最も大柄な船乗りが、よく分からない言葉で何か言っている。しゃがれた大声で、唾《つば》を飛ばす勢いだ。髭に覆《おお》われた顔面と、日焼けした肌をくり貫《ぬ》いたようなギョロ目。

「な、何」

怖い。

桜の三倍はありそうな体も、つかまれた手の大きさも、何よりも——臭いが。

いきなり、大柄な船乗りはピタリと動きを止めた。

「そのガキに触るな」

彼の目に、背後から太い針が突きつけられていた。今にも眼球を突き破りそうだ。

砂鉄だった。

彼は船乗りの右目ギリギリまで針を寄せ、もう一度言った。

「手を離せ。言葉分かんねえのか?」

大柄な船乗りは、桜をつかんでいた手をおそるおそる放した。両手を上げる。

「三月、お前が騒ぎを起こす前に俺が止めたんだ。殺すなよ」

砂鉄の面倒くさそうな言葉で、桜はようやく、三月もすぐ側に来ていたことに気づいた。ナイフを逆手《さかて》に構え、瞬きもせずに大柄な船乗りを凝視《ぎょうし》している。完全な無表情だ。

「なになになに、兄貴たちどうしたの」

蜜蜂もすっ飛んできた。

大柄な船乗りに聞き慣れぬ言葉で何か言うと、彼が怯《おび》えた声で返事をする。

「あっちで海亀が上がった、ご馳走《ちそう》だから今すぐさばいてみんなに配る、坊主も食べないかって言ってるよ」

蜜蜂が通訳すると、船乗りは必死に何度もうなずいた。砂鉄と三月をチラチラと見ている。

桜は慌てて言った。

「海亀は大好き、島ではご馳走だったの。見に行くね」

しばらく無言が続いたが、やがて砂鉄が突きつけていた針をスッと離し、三月もナイフを納めた。無表情のままだ。

船乗りはホッとした顔で、手で桜について来いと合図した。船尾楼に人が集まっている。

アルちゃんが囁いた。

「男がたくさんですね。大丈夫ですか」

「——慣れなきゃ」

深呼吸をした桜は彼らの輪に近づき、真ん中をのぞき込んだ。

「大きな亀だね」

彼らは一斉に桜を見上げた。

——また、あの目。

だが一瞬で桜に興味を失ったようで、再びワイワイ言いながら亀をひっくり返し、ナイフで甲羅《こうら》をこじ開けようとしている。

身構えていた桜は拍子《ひょうし》抜《ぬ》けし、安堵した。

そうか、自分への「性的興味」は海亀に劣《おと》るほどのものなのか。彼らも常にあの目でいるわけではないのだ。

その後、海亀は綺麗に解体され料理された。心臓はルド船長に捧《ささ》げられ、皮は煮込んでゼリーに、肉は刻んでスープと素揚《すあ》げになる。

桜は前足の素揚げに塩を振ったものをもらった。美味《うま》い。

船乗りからチラチラ見られることはあったが、気づかないふりを貫いた。


その夜、桜はなかなか寝付けなかった。

まずは自分が周囲からどう見られるか理解せよ。そして慣れよ。

アルちゃんの教えだ、きっと大事なことのはず。だが、この船の男たちが外の世界の標準なのだろうか？　それとももっと酷《ひど》いのもいるのか？

寝床から起き上がった桜は、そっと船室を出た。扉のすぐ側に座り込んで煙草を吸っていた三月が、こちらを見上げる。

「どしたの、桜。眠れないの？」

「うん。好物の海亀を久しぶりに食べたせいかな。胸がつかえてるみたい」

船は夜間も順調に航海を続けていた。

舳先に大きなランタンが灯《とも》され、持衰の微動だにしない後ろ姿を浮かび上がらせている。昼間に比べれば静かだが、船乗りたちは持ち場を交代で守っているようだ。

「少し夜風にあたりたいの」

「分かった。俺の目の届く範囲にいてね」

うなずいた桜は、船尾楼へと向かった。猫を捜しながら歩くが、見当たらない。また持衰の膝だろうか。

ふと、誰かの話し声がした。

低い声。数人だ。

桜は船室の陰からそっとのぞいてみた。ルド船長と数人の船乗りが、何やらヒソヒソと話し合っている。

アルちゃんが桜の懐からひょいと顔を出した。

「桜さん、身を潜《ひそ》めて、なるべく近づいて下さい。密談の匂いがします」

「みつだん」

息を飲んだ桜は、よく分からないながらもアルちゃんに従った。身をかがめ、ココ椰子《やし》の箱の陰まで移動する。

彼らの声はよく聞こえるようになったが、言葉が分からなかった。桜の知らない言語だ。

「アルちゃん、分かる?」

囁くと、アルちゃんは小さな頭を振った。

「さすがに初めて耳にする言語ですので。ですがなるべく単語を聞き取って暗記します。後で蜜蜂くんに尋ねましょう」

夜風に紛《まぎ》れて流れてくる言葉は、桜には全く理解できない。だが、アルちゃんが彫像《ちょうぞう》のように動かず聞き入っている。

やがてルド船長と数人の男たちが解散の動きを見せた。

桜は身をかがめたままココ椰子の箱から離れ、船室の入り口まで戻った。

（あれ）

さっきまで船室の壁にもたれていた三月の姿が無い。夜は桜の側から離れようとしないのに。

まあいいかと、桜は船室に入り、寝床に倒れ込んだ。もし何かあれば大声を出せと言われている。そんなに大きくない船だ、きっとどこからでもすっ飛んできてくれるだろう。

アルちゃんは懐でブツブツと何か呟いている。さっき聞き取った単語を暗唱《あんしょう》しているようだ。

それを聞いているうち、桜は段々とうとうとしてきた。

何か大きな仕事をした気がして、そのまま眠り込んでしまった。

翌朝、桜は寝ぼけながら船室を出た。

身支度を調え、煮炊き場で配られるエンドウ豆のスープをもらう。

「アルちゃん、豆食べる?」

「いただきます」

一人と一匹で朝食を取っていると、前方甲板が何やら騒がしくなった。船乗りたちがみんな集まっているようだ。

「何でしょうね、行ってみましょう」

アルちゃんにそう急かされた。

――男がたくさん。

だが、昨日の海亀会でだいぶ慣れた。何か揉《も》め事ならみんなそちらに気が行っているだろうし、あの「目」も大したことは無いだろう。

そろそろ近づくと、船乗りたちが言い争っていた。

「馬鹿言っちゃいけねえ。俺はこの辺りの海は知り尽くしてんだぞ」

「だけどなあ、持衰の言うことだし」

いつも舳先で祈っている持衰が、甲板に降りてきている。手話で何か言うのを蜜蜂が訳すと、船乗りたちがますます憤《いきどお》る。

どうも、突然に祈りを中断した持衰が、「ここで船を停めろ」と言っているようだ。海神様のそんな声が聞こえたらしい。

だが船は今、順調に進んでいる。こんなところで船を停めては良い風を逃してしまう。船乗りたちにとっては馬鹿馬鹿しい限りだ。

ルド船長は自分で選んだ持衰の言葉を無下にも出来ないらしい。せめて、何の理由で船を停めたいのか教えてくれと言っているようだ。それをまた蜜蜂が手話でせわしなく伝える。

気がつくと、砂鉄と三月が桜の側に立っていた。このちょっとした騒ぎをじっと観察している。

正直、ここで呑気に停止されてはこちらとしても困る。それだけジムヤードの港に着くのが遅れてしまうではないか。

「参ったな」

やれやれ、という顔で蜜蜂がこちらに来た。

「持衰もいきなり何言い出すんだか。通訳するこっちが怒鳴られるじゃねえかよ」

「停船しそうか」

砂鉄に聞かれ、蜜蜂は首を振った。

「針路《しんろ》の決定権はルド船長にある。俺との契約は『最速でジムヤードまで四人を送ること』だし、違約金を取られるぐらいなら持衰の意見なんか無視するさ」

その時、アルちゃんがちょろりと顔を出した。桜の肩の上で、砂鉄、三月、蜜蜂にそっと頭を振ってみせる。この輪から抜け出そう、と言っているようだ。

四人は無言で後退し、揉め事の中心から離れたところにさりげなく立った。海を見つめているふりをする。

「蜜蜂くん。今から聞き慣れぬ言語の、覚えている限りの単語を並べます。発音には自信がありませんが、聞き取ってみて下さい」

それからアルちゃんは、ヨル、とか、モル、とかモルル、という舌を巻く発音で単語を並べた。確かに桜も、昨晩盗み聞きした時に聞いた記憶がある。

蜜蜂は黙って耳を澄ませていたが、ある単語で眉根を寄せた。しばらく考えた後、推測だけど、と前置きしてから言う。

「マーリ語で『護衛』『商人』『子ども二人』『売る』『殺す』、そして一番よく出てきたのは、『毒』だな」

「毒？」

「たぶん、護衛に毒を盛る、商人は殺して金品を奪う、俺と桜は港に着いたら奴隷《どれい》として叩き売る、そんなとこだな」

蜜蜂は小さく舌打ちした。

「くっそ、ルドの奴それで俺が毒消しの捺印粘土持ってるか気にしてたんだな」

「――」

桜は蒼白になった。

ルド船長たちはそんな密談をしていたのか。

慌てて砂鉄にすがりついた。

「さっきのエンドウ豆のスープ、飲んじゃった⁉」

「飲んだぜ」

彼は平然としていた。顔色も悪くない。もしかして、まだ毒は盛られていない？

突然、頭上から金属音が鳴り響いた。

メイン・マストに登った男が、盛んに銅鑼《どら》を打ち鳴らしている。

「接近中の他船あり！　こちらに真っ直ぐ舵《かじ》を切っている」

船乗りたちは言い争いをピタリと止めた。

全員が舷側に貼り付き、水平線へと目をやる。

桜もその方角へ目をこらした。この船よりはるかに立派な船がもの凄い勢いで近づいてくる。

しかも大勢乗っているようだ。船乗りたちが不審そうに言った。

「シドンの旗印《はたじるし》だな」

「軍船じゃないか？」

船が接近してくると、こちらに手旗《てばた》信号を送ってきた。いつの間にか隣に来ていた蜜蜂が、ボソッと呟く。

「直《ただ》ちに停止し、降伏せよ、か……やっべ」

ルド船長が蜜蜂を振り返って怒鳴った。

「おい蜜蜂！　俺たちはシドン軍に狙われる理由なんかないぞ、その客が危ないんじゃないのか！」

彼にビシッと指さされた三月は、軽く肩をすくめた。

「さあねえ、心当たりは」

「無いわけ無いだろう！　分かった、お前は北方の商人とか言っておきながら、犯罪者か何かだな！」

激高するルド船長は蜜蜂をギロリと睨んだ。

「やけに急な船出だと思っちゃいたが、蜜蜂、お前この客が危ないって知ってたな」

「ははは、まさかあ。俺は単に船旅の手配をしただけだよ」

その時ふいに、船乗りの一人がドサリと倒れた。

口から泡を吹き、痙攣《けいれん》している。

「えっ」

驚きで固まった桜が倒れた男を凝視していると、砂鉄が軽く肩をすくめた。

「朝食はもらったさ。その男の皿と取り替えてな」

――では、もう毒は盛られていた。

桜は信じられない思いで、ルド船長へと目をやった。

彼は青ざめた顔で倒れた男と砂鉄を見比べていた。他の船乗りたちもみな、企《たくら》みがばれていたことに気づいて蒼白になっている。

もしや昨夜、三月の姿が見えなかったのは船内の様子を探っていたのか。彼も砂鉄も、ルド船長の計画などはなからお見通しだったのだ。

だが、ルド船長はすぐに開き直った。

「いいさ、人数はこっちが上だ。この商人をふんじばってシドン軍に渡す前に、有り金出してもらお――」

いきなり、彼の頸動脈《けいどうみゃく》から血が噴き出した。

ゆっくり倒れるルド船長を前に、三月が悠然《ゆうぜん》とくるくる回すナイフから血しぶきが飛ぶ。

「さー、次は誰？　帆走できるギリギリの人数までなら減らしてもいいよ～」

船乗りたちは驚愕で一歩後ずさった。

これまでただの商人だと思っていた三月が、突然、目にも留まらぬスピードでルド船長の首を掻《か》き切ったのだ。

さらに砂鉄が手近にいた船乗りの胸元をナイフで切り裂いた。

浅く、細い傷から血がツーッと流れ落ちる。

「お前らに今できるのは、素直に停船、そしてあいつらと戦うことだ。拒否するなら今ここで全員、俺とこいつが殺す」

ルド船長の死体をブーツで踏みつけ、淡々と言う砂鉄の声には逆に凄《すご》みがあった。船乗りたちが一斉に震え上がる。

砂鉄は苛《いら》ついたように続けた。

「さっさと停船、反撃の用意をしろ！」

船乗りたちは蜘蛛《くも》の子のように散っていった。今ここで砂鉄と三月に殺されるか、シドン軍と戦うか。選択肢など決まっている。

素晴らしいスピードで接近してきたシドン軍の船が、こちらのダウ船に横付けされた。三倍はありそうな大きな船だ。

さらに、あちらの甲板から見下ろす司令官は——蒼眼。

のっぺりとした青い目、美しい顔、恵まれた体格、そして兵士全員を操る力。甲板にずらりと並んだシドン兵はみな、あの狂気をはらんだ忠誠心を目にたたえている。自らの命など顧《かえり》みず、死ぬまで敵に向かってくるだろう。

「その娘を渡せ。素直に従うなら、他の奴らは生かしておこう」

司令官がダウ船を見下ろして言った。

朗々《ろうろう》と響く美しい声。これも蒼眼の特徴だ。

砂鉄がゆっくり腕を上げ、スッとナイフを投げた。司令官の立つ船縁に真っ直ぐ突き刺さる。

「——逆らう気か。では、戦闘開始だな」

ごくりと唾を飲んだ桜に、三月が軽い調子で言った。

「桜。クセールの蒼眼を倒した時と今と、何が違う？」

「え、ええと、敵兵が最初からぜんぶ正規兵みたいで、強そうで」

「違うよ。一番大事なのは、敵は桜が『邪眼殺し』だって知ってること。クセールでは不意打ちできたけど、今度はあっちも油断はしない」

そうか。

あの司令官はみすみす桜の射程範囲に入ってくるようなことは無いだろう。ならば、こちらから接近するしかない。

甲板では船乗りたちが不安そうに武器を構えていた。進むも地獄引くも地獄だ。

「桜、蜜蜂、よく聞いて。あっちに弓兵《きゅうへい》はいないから、桜を傷つけずに捕獲《ほかく》したいんだ。こちらに橋を渡し、兵を送り込もうとする。俺と砂鉄はそれを防ぐけど、たまらず後退したと見せかける」

砂鉄と三月が引けば、シドン兵は一気にダウ船に流れ込んでくる。だが二人がいるためなかなか桜に近づけない。

「すると必ず、司令官がこちらに乗り込んでくる。砂鉄が殺しに行くけど、正直、蒼眼の軍人ってのは死ぬほど強い。砂鉄でも殺せないかもしれない。でも戦ってる蒼眼の隙をついて、桜があいつを射ることは出来る」

桜はしっかりとうなずいた。

ママの樹を削《けず》った矢尻《やじり》。これさえ司令官に当てられれば。

「蜜蜂は死んでも桜を守れ。もし桜が怪我ひとつでもしたら――」

「はいはい、三月の兄貴が俺を殺すんでしょ。分かってるよ、もう」

ふてくされて答えた蜜蜂は、船乗りたちが隠し持っていた武器の中から剣を拾った。鞘《さや》を放り出し、渋々という顔で構える。

「ほんっと、お前と会ってからロクな目に遭わねえぜ、俺」


戦いは三月が言った通りの展開になった。

砂鉄と三月が橋を渡そうとするシドン兵を次々と斬り殺していたが、耐えきれないと見せかけ、後方だけに隙を作ったのだ。とたんにいくつもの板と縄ばしごがかけられ、シドン兵がダウ船の甲板に雪崩《なだ》れ込んできた。

脅迫されているこちらの船乗りは必死に応戦していたし、砂鉄と三月のおかげでなかなか桜には近づけない。

やがて痺《しび》れを切らしたかのように、蒼眼の司令官がダウ船に乗り込んできた。

砂鉄が真っ先に襲いかかるが、難なく彼のナイフを受け止め、剣で応じてくる。二人は凄《すさ》まじいスピードで戦いだした。金属音が響き渡り、桜の目にはほとんど動きが見えない。

だが、隙をついてシドン兵が戦う砂鉄を襲おうとしている。砂鉄は背中に目があるかのように彼らを殺しつつも司令官と闘い続けるが、決着がつく気配は無い。

桜の頭上に乗り、敵への注意をうながし続けていたアルちゃんが呟いた。

「黒の二鎖《にさ》と互角……」

甲板のシドン兵が数を増してきた。

こちらの船乗りは半数近くやられており、三月一人で敵を倒しても、次々と新手の兵が乗り込んでくる。まだまだあちらに数の余裕はありそうだ。

(私がやらなきゃ)

砂鉄だけで司令官は殺せないようだ。彼に気を取られているうちに、桜が蒼眼を射るのだ。

船縁《ふなべり》に飛び乗った桜は、ママの矢を弓につがえた。

思い切り引き絞り、司令官の背中に狙いを定める。——行ける。

解き放たれた矢は真っ直ぐに飛び、司令官の背を貫くかと思われた瞬間、盾《たて》で弾《はじ》かれた。

桜は一瞬、唇を噛んだ。こちらを見てもいないのに、どうして。

すぐに第二、第三の矢を放った。今度はスッとかわされる。

何度やっても駄目だった。

司令官は後頭部に目がついているかのように、桜の矢を簡単に防いでしまう。しかも砂鉄と戦いながらだ。

「耳だ！」

蜜蜂が剣を振るいながら叫んだ。

「蒼眼は聴覚も鋭い。あいつ、お前の矢を耳で聞き取ってんだ！」

——耳。

まさか、この混戦の中、たった一本の矢の風切り音を？

三月が舌打ちして甲板を見回した。

「桜の矢が見切られてるか。しゃーねえ、俺が砂鉄の加勢に行くから、蜜蜂、十五秒だけ何が何でも桜を守れ！」

「えっ、ちょ、待ってよ三月の兄貴！」

蜜蜂の叫びもむなしく、三月はあっさりと敵兵を切り捨てながら砂鉄と司令官の方へ向かった。

とたんにシドン兵たちが桜と蜜蜂に襲いかかってきた。

「うわ、ちょっ、こいつら」

彼らは蜜蜂を斬り殺そうとし、桜にはロープを投げた。必死に弓で応戦するが、人数差が圧倒的過ぎる。

「マストに登れ！」

蜜蜂の叫びを聞き、桜はメイン・マストに飛びついた。弓をくわえ、急いで天辺《てっぺん》を目指す。

帆げたにしがみつき、足下《あしもと》を見る。蜜蜂は必死に戦いながら、自分もマストに昇ろうとしている。まだ無事のようだ。

（十五秒ってあとどれぐらい。砂鉄と三月は――）

後方甲板に目をやった桜は、ゾッとして目を見開いた。

蒼眼の司令官は、砂鉄と三月を相手に互角に戦っていた。二人がかりでも攻めあぐねている。

だが今ならさすがの司令官も、桜の矢に気づかないかもしれない。そうであって欲しい。

不安定な帆げたに立った桜が、矢をつがえた瞬間だった。

司令官の剣が砂鉄の首筋を掻き切った。

そのまま三月の脇腹を深く突き刺す。

「――」

桜は声にならない絶叫をあげた。

ふらりと体勢を崩し、帆げたから落下しそうになる。

「桜さん、危ない！」

アルちゃんの声が遠くに聞こえる。

あれは、二人とも、どう見ても、致命傷。

突然、呼吸が出来なくなった。喉が狭くなったかのように、心臓がバクバクする。
「さ」
さてつ、さんがつ、そう呼ぼうとした。でも、声が出ない。
だが体勢を崩しつつ、桜は彼らがまだ戦っているのを見た。
どう見ても致命傷だ、それなのに、二人がかりで司令官を道連れにしようとしている。
その時、頭の中にふと、誰かの声が響いた。

——桜。絶望は愚か者の結論だよ。

誰の声だろう。
いや、これは今話しかけられたのではない。自分の記憶だ。
昔、この言葉を確かに言われたことがある。それを覚えている。
誰の声でもよい。
絶望は愚か者の結論。ならば自分は、絶対に諦めない。
滲《にじ》んだ涙を袖《そで》で拭《ぬぐ》い、桜は帆げたにしっかりと立った。足下の蜜蜂に呼びかける。
「蜜蜂！　私が合図したら大きな音を出して！」
自分も必死にマストに登ろうとしていた蜜蜂は、大きく目を見開いた。

「は⁉」

「私が司令官のとこへ行く！　お願いね、何か大きな音を！」

「おい、ちょっと待て、銅鑼なんてどこにあんのか――」

桜は彼の言葉を待たず、帆げたの端に寄った。

――風が変わる。

（今だ！）

全速力で大三角帆の上を駆け抜けた桜は、ミズン・マストに向かって思い切り飛んだ。

背中を風に押され、何とか着地する。司令官に近づけた。

アルちゃんを懐に押し込んだ桜は蜜蜂を振り返り、大きく手を振った。

彼は必死に敵と戦いながら操帆《そうはん》ロープに手を伸ばし、思いっきり引いた。

とたんに逆風で三角帆が裏返った。バン、と張り詰めたような大きな音が甲板に響き渡り
――その瞬間、桜は矢を両手で構え、司令官の頭上へと落ちていった。

（聴覚が鋭いなら大きな音は逆に辛いはず！）

瀕死《ひんし》の砂鉄と三月に押さえつけられた司令官の両肩に桜は飛び乗り、頭上に思いっきり矢を突き立てた。

「あ」

司令官がそう言った。

とたんに桜の矢から蔓《つる》が伸び、葉が伸び、彼の頭を覆い隠していく。

「あ、あああああああ」

蒼眼がみるみる色あせ、ごく普通の瞳になっていった。

桜は司令官の肩から飛び降り、彼を睨み付けた。もう、この人はただの人間。兵士を操ることなど出来ない。

だけど――。

涙目で砂鉄と三月を見た。この二人は。

絶望感で崩れ落ちそうになった桜だったが、ふと、奇妙なことに気づいた。

砂鉄の首筋の怪我が消えている。

三月の腹に刺さっていたはずの剣も見当たらず、やはり傷も無い。服は確かに破れているのに。

「桜!」

三月が破顔一笑《はがんいっしょう》した。ギュッと抱きしめられる。

「無事でよかった」

砂鉄も平然と言った。

「よくやった。正直、お前があそこで飛ばなきゃかなりやばかったな」

砂鉄は動揺しているシドン兵を見回すと、普通の人間となった司令官の胸ぐらをつかみ上げ、彼らに見せつけた。シドン兵の間に恐怖が広がっていくのがはっきり分かる。

「え……二人とも、怪我は……」

自分は確かに、砂鉄の首筋から血がしぶいたのも、三月の腹に深々と剣が突き刺さったのも見た。いったい、これは。

「俺たちねー、七百年も生き続けてる上に色々と特殊な体なの。心配かけちゃってごめんね」

三月の笑顔に、桜はホッとしてうなずいた。よく分からないが、彼らはなかなか死なないらしい。

のそのそと桜の懐から這《は》い出てきたアルちゃんが、砂鉄と三月を見比べる。

「なるほど。あなた方も、そうなのですね」

彼は何か知っているらしいが、詳しく聞いている時間はなかった。

シドン兵は明らかに劣勢となった。退却か否かの判断に迷い、指揮系統が混乱しているようだ。

その時、いきなり火のついた矢がダウ船の甲板に突き刺さった。

さらに、一斉にときの声が上がる。

いつの間にか、新たな船が急接近していた。

彼らは船縁を叩き、下品な野次を飛ばしながら火矢《ひや》を打ち込み、シドン軍の船とこちらのダウ船を二つとも襲っている。

駆けつけてきた蜜蜂が叫んだ。

「あいつら、火事場泥棒の海賊だ！」

「か、海賊？」

「二つの船が戦うのを見かけたら、どっちも弱るのを待ってから襲ってくんだよ！　クソどもが！」

そんな、やっと蒼眼の司令官を倒せたと思ったのに、今度は海賊？

縄ばしごを伝い、海賊が次々と乗り込んできた。

彼らは血と脂《あぶら》でぬるぬるになった甲板に砂をまき、足場を確保してから仲間を呼び込んだ。帆やマストにどんどん火が放たれる。

三月が舌打ちした。

「キリないな。——蜜蜂、俺たちが海賊を片付ける間、桜を守ってろ」

「また俺かよ〜」

蜜蜂のぼやきも聞かず、砂鉄と三月は海賊に襲いかかっていく。

深い溜息をついた蜜蜂が、桜の腕をグッと引いた。

「舳先に逃げるぞ、あそこなら前方の敵だけに集中しやすい」

彼に導かれ、桜は船縁を走った。

舳先では持衰がまだ平然と祈っており、尻尾を逆立てているのは猫だけだ。

「持衰さん、そこももう危ないよ！」

桜が叫ぶと、持衰はゆっくりと振り返った。

座したまま蜜蜂に手話で何かを伝え、真下を指さす。――海？

とたんに蜜蜂は桜の腕を引いた。

「飛び込むぞ！」

一瞬、彼と目が合った。

蜂蜜みたいな色の瞳。桜はうなずき、とっさにアルちゃんを懐深くに押し込んだ。

二人は海に飛び込んだ。

青い。太陽の光が揺れている。色とりどりの魚。海上の騒ぎも知らず呑気に泳いでいる。

桜が息継ぎに浮上しようとした瞬間、蜜蜂から再び腕を摑まれた。

なぜか海底を指さしている。

「？」

戸惑っていると、彼は桜の腕を引き、潜《もぐ》り始めた。

（息）

さすがにこれ以上は息が持たない。苦しい。

だが蜜蜂が指さす先に何かが見えた。海底の柔らかい砂から、泡がいくつも出ている。まさか。

海底に着いた二人は、小さな泡をそれぞれ手に溜め、口元に運んだ。

やはりそれは空気の泡だった。ぽこり、ぽこりと二人には十分な量が出続けている。

（空気！）

もしや、持衰が蜜蜂に伝えたのはこのことだったのか。彼はまさかまだ、祈っているのか。

桜はアルちゃんを懐から出し、顔を泡に突っ込ませた。彼も大きく口を開け、深呼吸している。

蜜蜂がいったん泡から離れ、どこからか重しになる石を拾ってきた。自分はそれを抱き、もう一方の腕では桜が浮かばないようつかんだまま、器用に空気の泡を食べている。

彼の淡い色の髪が、海中でゆらゆら揺れていた。

頭上には三つの船の影があり、まだ騒ぎが聞こえてくる。焼けて折れたマストも海に落ち、派手な音を上げた。

砂鉄と三月に限って海賊相手に不覚を取ることなど無いだろうが、大丈夫だろうか。だが非力な自分がいま浮上しても、海賊にとっ捕まるだけだろう。

やがて、シドン軍の船の影が遠のいていった。海賊に襲われ、退却したようだ。

それからしばらくして、ピカピカと海面から光が差し込んできた。三度光って少し間を置き、また三度。

蜜蜂が重しの石を捨てた。

桜の腕を引いたまま、ゆっくりと浮上していく。もしやあの光は、砂鉄か三月からの合図?

「ぷはっ」

海面に顔を出した桜は、左右を見上げた。

片側にはほぼ焼け落ちたダウ船。

もう片方は海賊船。

その海賊船の船縁から、なぜか三月が笑顔で見下ろしている。

「桜、無事だったね!」

「いや、俺も無事なんすけどね一応。ていうか俺が無事にしたんすけどね」

隣で蜜蜂がボソッと言う。

三月は大きく手を振り、上がってこいと合図した。なぜか神妙な顔をした海賊たちから縄ばしごを投げられ、わけも分からず海賊船へ登る。

ずぶ濡れで甲板に降り立った桜と蜜蜂だったが、状況がよく分からなかった。

砂鉄は船縁に腰掛け悠然と煙草を吸っており、その傍《かたわ》らには持衰が座り込んで祈っている。膝には猫。

何十人もいる海賊たちはみなひどく怯えた顔で並び立ち、うつむきがちにチラチラと砂鉄と三月を見ている。

「あの、これはどういう……」

桜が問いかけると、三月がニコニコと言った。

「こいつら聞き分け無かったからさ、俺と砂鉄で海賊船に乗り込んで、まず船長ぶっ殺して、副船長ぶっ殺して、水夫長《すいふちょう》やら何とか長を四、五人ほど殺《や》ったらね。分かってくれました」

彼の笑顔に、海賊たちがいちいちビクビクと震えている。いったい、砂鉄と三月はどれほど派手に海賊たちを殺したのだろう。

「海賊船は乗っ取ったよ。この大きな船ならジムヤード寄らずに、グラナダまで一直線に行けそうだね」

桜はぽかんと口を開けた。

たった二人で海賊船を乗っ取った？　あの蒼眼との壮絶な戦いの直後に？

「さーて新しい船長でも決めよっか。桜、新船長やる？」


海賊船は真っ直《まっす》ぐにグラナダへ向かいだした。

ダウ船よりも何倍も大きな帆船《はんせん》で、マストは四本もある。中央にそびえるメイン・マストは見上げるほど高く、見張り台が小さく見えるほどだ。

アルちゃんが言った。

「この船は構造的に帆走軍艦でしょうね。おそらくどこかの海軍から奪ったのでしょう」

風を受ける巨大な横帆が二枚、舵《かじ》を切る三角帆も二枚。順風に乗る海賊船は素晴らしいスピードで海面を走り、海鳥たちを引き連れながら地中海を渡っていく。

ダウ船で一人生き残った持衰《じさい》は、この船でも舳先《へさき》に座り込み、祈りを続けていた。猫は新しい住居を警戒しているようで、持衰の膝《ひざ》から離れようとしない。

桜《さくら》が船を歩き回ると、どの海賊も黙礼《もくれい》して目をそらした。三月《さんがつ》が「新船長に指一本でも触れた奴は五センチ刻みにして海に放り込む」と宣言したせいだ。

おかげで、あの奇妙な「男からの目」を受けることがない。どの海賊も強面《こわもて》で、隻腕《せきわん》だったり義足だったり全身入れ墨《ずみ》だったり色々だが、ダウ船にいた時よりずっと快適だ。

桜は船尾にある立派な船長室で寝泊まりさせてもらえた。

箱型の頑丈な寝台と書き物机があって、部屋には鍵がかかるし、すぐ隣の士官室に三月と砂《さ》鉄《てつ》、蜜蜂《みつばち》がいる。安心してぐっすり眠れるのだ。

だが実際に船長の役をこなしていたのは、投票で新たな副船長となった元・操舵長《そうだちょう》の男だった。船尾から全ての帆を観察して海賊たちに指示を出し、航海士と相談しながら舵の行方を決める。船でどんなに偉くとも、独断で針路《しんろ》を決めたりはせず、必ず話し合うらしい。

「階級の序列が絶対の海軍などと違って、海賊の方が案外に民主的だったりもしますよ。船長は常に反乱を恐れていますから、横暴《おうぼう》に振る舞うことなどしないのです」

グラナダへの航海を続けるうち、桜は少しずつ海賊たちと言葉を交わすようになった。彼らに新船長と呼ばれるのはくすぐったいが、話してみると案外に気の良い男が多い。言葉が通じない相手でも、身振り手振りで何とかなる。

「私、ルド船長の船にいた人たちより、海賊の方が好きかもしれない」

桜はアルちゃんにそう言った。

「変な目でジロジロ見られることもないし、気さくな人も多いし」

「それはね、桜さん」

アルちゃんが改まった声を出した。わざわざ桜の手のひらに移動し、顔の高さまで上げろ、と合図する。

彼は桜と目を合わせ、真面目な口調で言った。

「いいですか、ルド船長たちは、砂鉄さんと三月さんがあんなに強いのを知らなかった。要するにこちらのことを舐《な》めきっていたわけです。だから、桜さんを平気で眺め回していた」

「……うん」

「反して、海賊たちは一番最初に砂鉄さんと三月さんの恐ろしい姿を見ています。さらには、桜さんには指一本触れるなと三月さんから脅《おど》されています。あなたに対する態度が丁寧なのは当たり前です」

そうなのか。

ここの海賊たちも脅されることがなければ、桜を変な目で見たのだろうか。

「ルド船長は小悪党ではありましたが、まともな船乗りです。手下もね。ですが、この船に乗っているのは海賊です。今まで散々、残虐非道《ざんぎゃくひどう》な行いをしてきたことでしょう。女性に対する扱いなども、口にするのをためらわれるほど酷《ひど》いはずです」

「……」

「これが、人を見る目、ということですよ桜さん。男は本質的に何も変わりません。どのような肩書きでも、職業でも、年齢でも。状況に応じて女性への対応が変わるだけです」

桜は黙り込んだ。

男は本質的に何も変わらない、のか。じゃあ、砂鉄や三月も？　蜜蜂だって？

「何を考えているかは分かります。いいですか、砂鉄さんはユースタス一筋なので貴女《あなた》に女性としての興味はありません。三月さんにとって貴女は大事な家族です。そして蜜蜂くんはあなたに異性としての魅力を全く感じていない。だから大丈夫なのです」

「そうなんだ」

「そうなのですよ。男は全てこんなもの、海賊は意外に優しい、などと決めつけては駄目です。個人個人をきちんと見なさい。そしてその相手が貴女をどのように見ているか、きちんと把握《はあく》できるようになりなさい」

その教えを胸に刻んだ桜は、百人以上いる海賊たちを、翌日から一人一人ちゃんと見るようになった。

桜とすれ違う時、思わずというように目を奪われる者もいた。怯《おび》えて目をそらす者もいた。子どもの桜が「新船長」なのが気にくわないようなのもいた。本当に、色々だった。海賊だって千差万別《せんさばんべつ》なのだ。

だがやはり、桜に「性的興味」の目を向ける海賊は一定数いる。少年と思い込んでいてさえだ。

ある日、桜は蜜蜂に聞いてみた。

「あのね、海賊から、その……変な目で見られることってある?」

その頃にはすっかり海賊たちに馴染んでいた蜜蜂は、肩をすくめた。

「当たり前だろ。俺のこのツラだぞ、砂鉄と三月の兄貴がいなきゃ、とっくに俺のケツなんてズタボロだな」

「ケツ?」

桜が聞き返すと、アルちゃんがゴホンと咳払《せきばら》いをした。

「桜さん。蜜蜂くんは性的興味を持って見られても、平然と受け流してるでしょう」

「うん」

「あなたも早く、ぶしつけな視線を無視する技を覚えて下さい。女の子の姿に戻った時に、役に立ちますすよ」

人を見る。

これは、甲板《かんぱん》で毎日続けている弓の練習より大事なことだろうか。夏草《なつくさ》や錆丸《さびまる》を捜すのに、人を見る目を養う方が役立つか。

いよいよ明日にはグラナダに迫った夜、甲板で盛大な宴が開かれた。海賊たちにとっては、ようやく砂鉄と三月の恐怖から逃れられる喜びの宴でもある。

ラム酒の樽《たる》が回され、干し肉がどんどん消費された。蜜蜂はすっかり彼らに溶け込み、輪になって酒を飲んでいる。

桜はじっと海賊たちを観察した。

(料理番のお爺さんと、太った掌帆長《しょうはんちょう》の、間)

妙な目を一度も向けてこなかった海賊二人を選び、桜はその間に座り込んだ。

「お、新船長」

「飲むか？　牡蠣《かき》もあるぞ」

「ううん、お肉だけもらっていい？」

彼らは桜に気さくに接し、酒を飲んでワイワイと盛り上がった。

海賊たちはダミ声を張り上げて合唱し、剣で甲板を打ち鳴らし、銅鑼《どら》を騒々《そうぞう》しく叩く。その騒ぎ方にも一人一人、ちゃんと個性があった。

「誰か、これ弾《ひ》けるか」

丸っこい胴体に弦が何本も張られた楽器が運ばれてきた。ウードというらしい。

するとと蜜蜂が軽く手をあげた。

「弾けるぜ」

ウードを受け取った彼は、爪で弦を弾《はじ》いた。

とたんに、それまで大騒ぎしていた海賊たちが一斉に黙る。それほどに、美しい音色だった。

「ああ、故郷の音だ」

誰かが呟く。懐かしい曲のようだ。

誰もが蜜蜂のウードに聴き入っていた。砂鉄と三月も輪の中には入らないものの、近くの舷《げん》側《そく》にもたれ、こちらを見守っている。

「蜜蜂、あんた歌は歌えるか」

海賊の一人に聞かれ、蜜蜂はウードをつま弾きながら頷いた。

「まあね。何か聴きたい曲はあるのか?」

「『ジャスミンの恋』を」

「了解」

やがて蜜蜂のウードが曲調を変えた。さっきまでどこか物悲しかったのに、明るく華やかになる。彼は歌い出した。

『ジャスミンの白い胸に火が灯《とも》る　火で糖蜜《とうみつ》は煮えたぎり　たちまち甘い毒となる　麝香《じゃこう》より

竜《りゅう》涎香《ぜんこう》より甘い　その名は恋よ、おお恋よ』

実に美しい声だった。

桜が地下水路の中で同じ曲を歌った時は下手くそ呼ばわりされてしまったが、彼自身がこれほどの歌い手なら仕方がないかもしれない。

「良い曲じゃないか。誰か踊れ踊れ」

「馬鹿、ジャスミンの恋なんて曲で、むさ苦しい海賊が踊ってどうする」

海賊たちが軽口を叩いているのを聞いて、桜はふと思い当たった。

歌は馬鹿にされたが、踊りなら。金星堂から来た女の人たちにたくさん習ってきたし、みんなから褒《ほ》められた。

桜はサンダルを脱いで、その場に立ち上がった。

「私が踊る」

「お、新船長！」

「いいぞ新船長」

アルちゃんを懐《ふところ》からだし、蜜蜂の膝に置いた。大人しくこちらを見上げている。

桜はウードを包んでいたヒラヒラした布を二枚、両手に持った。左足の指にも一枚挟む。

そして蜜蜂のウードと歌に合わせ、桜はその場で回り始めた。布が広がり、月光に照らされ白い円になる。足首の鈴がチリチリと鳴る。

桜はメロディの区切りごとに左足を跳ね上げ、その布も揺らした。鈴の音が一層《いっそう》響き渡る。どんどん蜜蜂の歌とウードが速くなった。

桜の回るスピードも上がる。どれだけテンポを上げられても踊りながらついていける。疾風《しっぷう》のように旋回《せんかい》しながら踊る桜に、海賊たちは拍手喝采《かっさい》だった。新船長、と何度も呼ばれ、指笛が鳴らされる。

蜜蜂のウードも熊《くま》ん蜂《ばち》が飛んでいるほどの速さになっていた。桜がどこまでついてこれるか試しているかのようだ。

笑顔で踊り続けていた桜だったが、やがてさすがに疲れてきた。そろそろ終了だ。最後、曲がひときわ盛り上がる箇所《かしょ》で、桜は大きく宙返りした。両手の布を広げてポーズを取ったとたん、蜜蜂がジャン、と大きくウードを鳴らして曲を締める。

(歌は馬鹿にされたけど、踊りで少し見直してもらったかな)

肩で息をしながら桜が蜜蜂を見ると、ニヤリと笑われた。あの笑顔はどういう意味だろう。褒められているのか、馬鹿にされているのか。

少し離れた場所から見守っていた三月から笑顔で拍手を送られ、桜は上気した頬で、軽く膝を曲げて応《こた》えた。

その夜は楽しかった。

海賊たちの宴は遅くまで続き、笑い声と歌声がいつまでも夜空に響いている。

いつもよりかなり遅く寝台に入った桜は、アルちゃんに言った。

「今晩はとっても楽しかった。砂鉄と三月が見守ってくれている安全な状況で、蜜蜂の歌とウードに合わせて、海賊たちの前でくるくる踊った。誰かが私を変な目で見てたかもしれないけど、それはあまり気にならなかった。良い想い出になる。――これでいいかな?」

するとアルちゃんは、蜥蜴《とかげ》の目を細めてニッコリ笑った。

「合格です」


グラナダの港に到着した。

石畳《いしだたみ》が連なる桟橋《さんばし》には、大小様々な帆船がずらりと並んでいる。建物は白い壁ばかりで、全体的に赤っぽかったクセールとは全く違っていた。

「うわあ」

入港準備の間、桜はずっと甲板からグラナダの街を見つめていた。何て明るく、綺麗なところだろう。あちこちに花が咲き乱れている。

海賊たちと別れを惜しみ、最後に、桜は蜜蜂から教わった手話で持衰に話しかけた。

『ありがとう』

今まで助けてくれたこと。私たちのために祈り続けてくれたこと。それらをひっくるめて、この言葉を選んだ。

持衰が蓬髪《ほうはつ》の下でうっすら微笑んだのが分かった。膝《ひざ》の上でくつろぐ猫を指さしてみせる。桜はおそるおそる猫に手を伸ばした。

彼（か彼女）は細目を開き、耳だけを動かした。だが、逃げる気配は無い。そっと毛並みに触れた。とても柔らかい。そして温かい。

桜は三度、猫の背中を静かに撫で、手を離した。最後の最後に初めて触らせてくれた。

軽く膝を折って持衰に挨拶《あいさつ》した桜は、砂鉄、三月、蜜蜂と共に船を降りた。海賊たちも何だかんだで別れが惜しいようで、自分たちの船を乗っ取った四人組に大きく手を振っている。

桜も両腕を振って挨拶を返した。

「送ってくれて、ありがとう！」

一行は、夏の陽光きらめくグラナダの街へと上陸した。

建物はアーチが多用され、橙色《だいだいいろ》の明るい屋根がほとんどだ。どこにでも生えているのは、オレンジやレモンという樹だと教えてもらった。猫もあちこちにいる。

とても平和な街に見えた。

色んな服を着た、色んな人種がいる。活気もあり、街角では綺麗な女の人が口に薔薇《ばら》をくわえ、ドレスを揺らして踊っている。

その踊りに見とれていた桜は、砂鉄に聞いた。

「砂鉄、この国を買ったの？」

「ああ。あいつの安全のためにな」

「砂鉄がグラナダの王様なんだ」

「王様じゃねえよ、買ったってだけだ。政治なんかは好きにやらせてる」

するとアルちゃんが口を挟んだ。

「強《し》いて言えば砂鉄さんはグラナダの領主ですね。政治は自治。まあ領邦《りょうほう》国家というところでしょう」

いつもならアルちゃんがペラペラしゃべるとどこかウンザリした顔になる砂鉄だが、今日は無表情のままだった。

じっと街の高台にある建物を見つめている。

赤茶けて四角い、奇妙な城だった。かなりの大きさに見える。

あそこがおそらく、砂鉄の恋人が眠る場所。アルハンブラ宮殿というところだ。

（大丈夫、もうすぐユースタスさんは目を覚ますはず）

金星が最後の力を振り絞《しぼ》って眠らせた三人。桜がいれば大丈夫だ。きっと起きる。いや、起こしてみせる。

砂鉄が蜜蜂を振り返った。

「お前はこの辺で待ってろ」

「え、ちょっと待ってよ砂鉄の兄貴」

「茶でも飲んでろ。宮殿には三人で行く」

「待って待って、俺だって砂鉄の兄貴の恋人見てえし。眠り病なのを桜が治すんだろ、邪魔しねえから」

「駄目だ」

にべもなく言われ、蜜蜂は不承不承、うなずいた。

「兄貴たち、俺に金返す約束があんの忘れんなよ。あの金が無きゃ俺、クセールに戻ったって死刑なんだから」

「分かってる。大人しくしてろ」

蜜蜂と別れると、砂鉄、三月、桜はアルハンブラ宮殿への道をたどった。

港ではクセールと全く違う街に思えたのに、段々とあの街並みに似た箇所も増えてくる。

「グラナダはイスラム教徒とキリスト教徒の文化が入り交じっているのですよ。僕が覚えている頃と、そんなに変わりありませんね。人々の服装は奇妙ですが」

「奇妙?」

「民族衣装の時代が全く異なります。僕にとって千年近く昔の服もあれば、比較的近代的な衣装も。それぞれの民族が『最も我が国らしい』服に回帰《かいき》していった結果、時代がバラバラの人々が結集したかのようになっていますね」

「ふうん」

そんなやりとりの間、砂鉄も三月も黙り込んだままだった。

いよいよ彼女に近づいている。その静かな緊張感が伝わってくる。

アルハンブラ宮殿の城門は、赤茶けた無骨《ぶこつ》なものだった。大して装飾も無く、何だか味気ない。巨大な日干しレンガを積んだみたいだ。

城門の前には二人の衛兵がいて、砂鉄を見ると小さく敬礼した。何も言わずに門を開ける。

砂鉄がくわえ煙草の煙をたなびかせ、城門をくぐった。

その後、三月から背中に手を添えられた桜。背後で城門が閉じる。

内部は美しい城だった。

あちこちに花が咲き乱れ、蝶《ちょう》がヒラヒラ舞っている。整然と並ぶ柱。重なるアーチの影。無限に回廊が続いているかのようだ。

数人の男女が、壁や花の手入れをしていた。砂鉄の顔を見ると黙礼し、一言も無く姿を消す。

「ちゃんと修繕《しゅうぜん》しているのですね。あれから七百年経《た》ったとは思えない。何と美しい」

アルちゃんが感嘆《かんたん》と共に呟くと、砂鉄はようやく口を開いた。

「まともな形を保ってねえと浮浪者が入り込みやすいからな。火でも出されちゃかなわねえよ」

それも理由の一つではあるのだろう。

だが桜は何となく、砂鉄は恋人の眠る場所を美しく整えていたいのではないかと思った。ここは、彼女のための宮殿なのだ。

城の中は息を飲むほど壮大で美しかった。繊細《せんさい》な彫刻が重なり合い、新たな形を作り、融合《ゆうごう》している。天井を見上げれば、星空のようだ。

「錆丸くんはあの天井を、宇宙のようだと言っていましたね」

アルちゃんの言葉を聞き、桜は少し嬉しくなった。自分が星空だと思った天井を、父親もまた宇宙と言った。同じことを考えたのだ。

「七百年前、僕が戦火の中で必死に書き取ろうとした壁の文字もちゃんと残っています。——砂鉄さん、ありがとうございます」

アルちゃんが真面目な口調になると、砂鉄は眉根を寄せた。

「テメェに礼を言われると気色わりぃな」

「本音ですよ」

「まあいい、こっちだ」

砂鉄に連れて行かれたのは、綺麗な池のある中庭だった。水面には正面の美しい建物が逆さまに映り、野薔薇《のばら》が咲き乱れている。

ここだけは蝶も鳥もおらず、静けさが染み入るようだった。

池の縁《ふち》には、一本の樹が生えていた。

淡い緑色の葉をさやさや揺らし、ただ静かにそこに立っている。

「ユースタスだ」

砂鉄が言った。

「俺には一目で分かった。あいつの声がする」

淡々と言う彼の目は、期待に打ち震えているわけでも、緊張に満ちているわけでもない。ただ、優しい。

──砂鉄でも、こんな目になるんだ。

桜は少し驚いた。愛《いと》しい人の前では、砂鉄でもあんな顔をするのか。

深呼吸し、一歩、ユースタスの樹に向かって近づいた。

目を堅く閉じ、心の中で唱《とな》える。

(ユースタスさん、ユースタスさん、ユースタスさん、起きて下さい)

強く念じ、桜はそっと樹の幹に触れた。

何も起きない。

両腕で抱きついてみた。やはり、何も起きない。

心の中で彼女の名を何度も呼んだ。声に出しても呼んだ。だが、樹は樹のままだった。

桜は樹皮《じゅひ》から顔を上げることが出来なかった。

七百年も待った恋人が、ここにいるのに。なのに、砂鉄と会わせてあげることが出来ない。

「桜」

砂鉄の声に、桜はビクッと肩を震わせた。

「大丈夫だ、顔を上げろ」

初めて聞く、少しだけ優しい声。桜はおずおずと樹の幹から顔を上げた。

「そう簡単に行くとは、こっちも思ってねえさ。何かまだ足りねえものがあんのかもな」

彼の声は淡々としていた。桜を責める調子は一切無い。

三月も言った。

「条件が揃う必要があるとか。砂鉄と一緒に触ってみれば」

彼の提案に従い、砂鉄と桜で同時に樹に触れたが変化は無かった。すると、アルちゃんがふいに大声を出した。

「そうだ！　桜さん、宵《よい》の明星を待ちましょう」

宵の明星。——金星。

「僕がアルちゃんとしてこの世に蘇《よみがえ》ったのは、ちょうど宵の明星が昇った時でした。金星さんの力が強まるのかもしれません」

「そ、そっか！」

希望の火が灯《とも》り、桜は嬉しくなった。そうだ、きっとママが力を貸してくれるはず。そうでないと、自分がここまで来た意味が無い。

三人はユースタスの樹の正面に並んで座った。池に彼女の姿が逆さまに映る。風が吹けば水面が揺れ、また少しずつ鏡像《きょうぞう》を取り戻す。

「砂鉄。ユースタスさんって、どんな女《ひと》？」

桜がポツリと聞くと、砂鉄は煙草の煙を吐き、少し置いてから言った。

「さあな。俺にとっちゃ女なんかあいつ一人だから、他と比べようがねえ。どんな女なんだか」

すると三月がクスッと笑った。

「今、もの凄《すご》いのろけを聞いた気がする」

「うるせえな」

「ユースタスはね、桜。不思議な力を持つ人だったよ。桜のママからもらった力」

「そうなの？」

「うん。俺もユースタスに早く目覚めて欲しいなーって強く願ってるのは、彼女の力で夏草ちゃんと錆丸を捜せないかって考えてるから」

ユースタスには、夏草と桜の父を捜せる力がある？　そんなのは初耳だ。

「ただの期待だよ。でも、それぐらい不思議な力だからね」

それを聞いた桜は、何が何でもユースタスを起こさなければ、と決心した。

砂鉄の右手と三月の左手をとり、強く握る。

「何だよ」

「二人から力をもらうの。ユースタスさん、ユースタスさん、って呼び起こす力」

それから薄暗くなるまで、三人は黙り込んでいた。アルちゃんでさえ静まり返り、桜の肩で大人しくしている。

やがて、暮れなずむ空にひときわ明るい星が昇った。——金星だ。

立ち上がった桜は、三度、大きく深呼吸した。大丈夫。絶対に大丈夫。

ユースタスの樹にそっと触れてみた。

とたんに頭上でざわりと音がした。葉ずれの音が大きくなり、細い枝が絡《から》まり合っていく。

ざらざらしていた樹の幹は少しずつ滑《なめ》らかになる。

気がつけば桜の目の前に、美しい女性が立っていた。

長い金色の髪。優しく青い瞳。——これが、ユースタス。

「……ユースタスさん」

桜が震える声で名前を呼ぶと、彼女はうっすら微笑《ほほえ》んだ。

「桜？　一目で分かったぞ、大きくなったな」

「ユースタスさん、ユースタスさん！」

思わず彼女に抱きついた。涙が止めどなく溢れてくる。優しい腕に抱き返され、桜はワンワンと泣いた。

そして気づいた。自分がこんなことをしている場合ではない、砂鉄。

桜は泣き笑いで砂鉄を振り返った。

「砂鉄！」

砂鉄は静かにそこに立っていた。ただ、ユースタスの顔を見つめている。

すると、ユースタスが警戒心に溢《あふ》れた、冷たい声で言った。

「誰だ、君は」

世界が終わる日に

凪《なぎ》の海辺を二人で歩く。

月は無い。横浜の夜空なので星もあまり見えない。だが、人気《ひとけ》の無い海岸というだけでこの街では貴重だ。

砂鉄《さてつ》に肩を抱かれていたユースタスが、頭をそっと寄せてきた。潮風にひるがえった長い髪が自分の煙草に触れぬよう、手で押さえてやる。

ついでにつむじに唇を落とすと、彼女はうっすら微笑《ほほえ》んだ。

「君がよくそこにキスするものだから、少しハゲてしまった気がする」

「大丈夫だぜ」

「愛情表現のキスならば、額《ひたい》や頬が普通ではないのか」

「ちょうど俺の口の高さにお前のつむじがあんだよ」

ユースタスは苦笑した。彼女も背が高い方ではあるが、何の気なしにうつむいた時は、ピンク色のつむじが砂鉄によく見えるのだ。

「手紙は書き終えたか」

「ああ。五十通ずつある」

「あいつらがこの先五十年も生きるとは思えねえが」

「現代の医療は進歩しているからな。母は若い頃の放蕩《ほうとう》もあって長生き出来るか分からないが、父は酒も煙草《や》も止めているし、スウェーデンの医療は高度だから」

ユースタスは離れて暮らす実父と実母に、それぞれ五十通もの手紙を書いた。これから砂鉄が、毎年クリスマスに届くよう一通ずつ投函《とうかん》していく予定だ。

明日、ユースタスは七百年の長い眠りにつく。

世界のどこかで樹木に変わるらしい。金星《きんせい》がそう伝えてきた。

砂鉄はこれから七百年、ユースタスのいない世界をさまよう。長い旅路となるだろう。だが永遠の別れではない。

「どっちともずっと離れて暮らしてたのに、五十通も書く内容あったのか」

「実はどちらも三通目ぐらいから文章に詰まり始めたのだ。なので、金星特急の旅を綴《つづ》ってみた」

「あの旅を?」

「旅を終えてからのことも。君と出会ってから、今までのことを」

「じゃあ、あいつらが十年ぐらいで死ぬことになれば、娘の旅の結末を知らねえままってこともあり得るな」

「もし彼らが病気になったりしたら、数通ずつまとめて送ってくれ。判断は任せる」

ユースタスは先月、パリに住む実母に会いに行った。

金星特急の旅の最中で顔を合わせて以来だった。娘の金で豪遊《ごうゆう》していた実母は砂鉄に締め上げられて以来すっかり大人しくなっていたが、やはり糸の切れた凧《たこ》のようにフワフワと生きていたらしい。猫を飼い、それを溺愛《できあい》するのが生きがいになっているそうだ。

ユースタスが、これから長い旅に出るのでもう会えないが、毎年手紙を書くと伝えると、実母は不思議そうに言ったそうだ。あなた病気にでもなったの？　と。

そして先週、ユースタスはストックホルムに移り住んだ実父にも会いに行った。彼の強い希望で砂鉄も同席し、三人で食事をした。ユースタスがもう会えないが手紙は書く、と実母に言ったのと同じことを言うと、彼もユースタスの顔をじっと見つめ、「もしや重い病か。金が必要ならいくらでも出す」と心配した。

砂鉄が、ユースタスは死ぬわけではない、彼女の命は砂鉄が必ず守ると保証すると、実父は少しだけ安心したようだった。そして言った。

——今さら父親づらで言えたことではないが、頼む、ユースタス。親より先には死ぬな。

彼は地位も身分も金もあり、現在は同年代の恋人もいるらしい。だが、血の繋がった子供はユースタス一人だけだ。自《みずか》らが初老と言える年齢になって初めて、彼は娘の身を案じるようになった。

パリとストックホルムを回り横浜に戻った後、ユースタスは静かに微笑んで言った。

――ずっと離れて暮らしていたし、二人から親の情を感じたことは無かったのに、もう会えないと言うと私の身を案じてくれた。あの人たちは、私の両親なのだ。

温かい家庭も、一般的な親子の関係も、ユースタスとは無縁だった。だが両親と会えなくなる直前に、愛を感じられた。彼女がそう思うなら、砂鉄もそれでいい。

ユースタスは家族との別れを終えた。それまでほとんど顔を合わせていなかった家族だから、淡々としたものだった。ユースタス本人も、肉親の情というより自らのけじめとして父母に会ったようだった。

だが明日、錆丸《さびまる》の両親は年取ってから出来た我が子、孫と永遠の別れとなる。錆丸もユースタスと同じく七百年の眠りにつき、桜《さくら》は「ここではないどこか」の島へ送られるからだ。

先月、覚悟を決めた錆丸がアカシ夫妻にその話をすると、彼らはしばらく絶句していたそうだ。フミエは声をあげて泣き、ショウイチも目に涙を浮かべた。錆丸は、普段は寡黙《かもく》なショウイチが泣くのを初めて見たらしい。

——父さん母さんを残していくのが一番辛《つら》い。桜は七百年後にまた会えるけど、俺はもう二度と、あの優しい両親に会えない。

錆丸は二人にただ、ごめん、と言うしかなかった。

横浜で過ごした楽しい日々が脳裏《のうり》をぐるぐる回り、錆丸もはらはらと泣いた。自分は彼らに、「子や孫を持つ」という幸せを与えた。錆丸も「普通の家族と普通に暮らす」という幸せをもらった。

それなのに、今から自分は、与えた幸せを残酷にも奪おうとしているのだ。もう決まったことなのにちらりと、何とか自分が七百年残る方になれないか、消えてしまった金星に頼むのはもう無理なのか、そう考えたらしい。

だがひとしきり泣いた後、ショウイチは言った。

——もともと諦めていた子どもが突然、どこからかやって来て養子になってくれた。可愛い孫まで作ってくれた。その幸せを味わえただけで十分だ。

錆丸は十五歳の姿から成長しない不思議な子どもだった。その事情を知って引き取った時点で、アカシ夫妻には覚悟があった。

どこからかやって来た子。

再びどこかへ消えるけど、私たちの子であることに変わりはない。

――子どもはね、いつか巣立つものだって、分かっていたから。錆丸は、その巣立ち方が大きいだけなのよね。桜もね、八歳までの可愛い盛りを一緒に過ごせたから、お婆ちゃんは満足よ。


フミエも泣きながら笑った。

平和な日本でごく平凡に生きてきたアカシ夫妻だが、錆丸と桜と永遠の別れになることを、彼らは悲しみ混じりの諦観《ていかん》ではなく、天が与えた流れとして受け止めているようだ。戦場などで培《つちか》われるものとは別種の肝《きも》の据《す》わり方だと思う。

とはいえ、年老いた彼らだけが残されるのは辛い。現世に残ることになる義理の息子たちがアカシ夫妻の世話を見ることになる。

「伊織《いおり》さんはまだ、横浜に戻っていないのか」

「何でも、錆丸に『ねんごろの女たちに挨拶《あいさつ》行ってくる』と言い置いてフラッと出てったきりらしいな。明日、集合だって分かってんのか」

「伊織さんらしいな」

ユースタスが苦笑した。

伊織は普段から根無し草で、いったい世界のどこにいるやらも不明、連絡がつかないこともザラらしいが、なぜか桜とその周辺を含む「人類の存亡をかけた一大事」の時だけはあちらから電話があったらしい。錆丸が横浜に顔を出して欲しいと頼むと、十日かけて日本に戻ってきたそうだ。


——七百年も寿命が延びちまったなら、アカシの父ちゃん母ちゃんが天寿《てんじゅ》をまっとうするまであと数十年ぐらい、放浪を止めて横浜に留まるサ。


伊織はそう言っていた。

あの風来坊《ふうらいぼう》が老人の相手などまともに出来るのか不安の残るところだが、もう一人、錆丸の義兄弟のうち現世に残るはずの者がいる。


——だが。

「三月《さんがつ》と夏草《なつくさ》は、まだどっちが残るかで揉《も》めてんのか」

砂鉄とユースタスは二人で話し合い、ユースタスが眠ることに決めた。錆丸と伊織の異父兄弟は、最初から錆丸が眠るよう金星から指名されていた。

だが三月と夏草は、最後の夜になってもまだどちらが眠るか決まっていないのだ。お互い、自分が残ると言い張っているらしい。

「戦って決めようとまでしたらしいが……決着がつかなかったようだ」

「だろうな」

砂鉄は軽く肩をすくめた。

あの二人はお互いを知り尽くしている。少年兵として実戦だけで生きてきた三月、正式に武道の訓練も受けた夏草という違いはあるが、実力差は無い。

「まあ正直、夏草が戦う相手だと俺もやりづれえな」

「砂鉄が？」

ユースタスが意外そうに目を見開いた。砂鉄の強さに圧倒的な信頼を置いているぶん、こんなことを言い出すとは思わなかったのだろう。

「例えばだが、俺と無名《むみょう》、三月の二鎖《にさ》三人で誰が一番強いか決めようとしたとする。絶対にお互い譲《ゆず》らねえ、自分が一番強い、それを証明してえから本気でやる」

「プライドか。雌雄《しゆう》を決したいというわけだな」

「強さを誇示《こじ》してえってのは男の本能だ。だが、夏草だけはそれがねえ。あいつは相手より上に立ちたい欲なんか無くて、ただ『負けない』戦い方をするだけだ。なるべく人を殺したくなくてな」

本来なら夏草は、傭兵《ようへい》になど向いていなかった。だが生きるために人を殺してきた。

まだ少年だった頃の夏草を知っている砂鉄は、そのことがいつか彼を押しつぶす日が来そうな気がしていた。兵士の中には、殺人を犯すことに耐えられず、発作的に自らのこめかみを撃ち抜く者がいる。夏草もそうなりそうだと危惧《きぐ》はしていた。

だが三月という相棒を得て、夏草はだいぶ安定した。

はたからは、刹那的《せつなてき》に生きてきた狂犬の三月が、夏草という「まともな」相棒のおかげで落ち着いたように見えるだろう。だが、罪悪感からいずれ命を絶ちそうだった夏草の方こそ、「自分がいないと生きられない」相棒を持ち、生きる理由が出来た。

自分が死んでしまったら三月はどうなる。そう思えば、夏草も死ぬことは出来ない。

ユースタスはしばらく考え込んでいたが、ポツリと言った。

「三月さんも夏草さんも、七百年も世界をさまようか、ただ樹になって眠るかという二択のうち、より辛い方を自分が引き受けようとしている。砂鉄は、どちらが残るのがいいと思う」

その質問に、砂鉄はつい眉根を寄せた。

「そんなん夏草に決まってんだろ」

「そうか?」

「あいつらのどっちがどっちとかは知んねえぞ、二人が決めるこった。だが俺のためにに頼むから夏草であってくれと願ってんな」

するとユースタスはプッと吹き出した。

「三月さんと七百年過ごすのは嫌か」

「夏草が手綱《たづな》引いてねえ三月なんてクソ面倒に決まってんだろ！　しかも残る三人のうち一人は錆丸じゃなくて伊織だって決まってんだぞ、マジで頭いてえ」

再びユースタスは笑った。おもしろそうに砂鉄の顔をのぞき込む。

「君と錆丸、夏草さんで現世に残った場合を想像してみた。夏草さんも錆丸も料理は抜群《ばつぐん》、気遣いも出来る、錆丸は人当たりもよくて他人との交渉も上手いし、三人で世界のどこに行ってもやっていけるだろうな。だが――」

そこまで言って、ユースタスは再び笑い出した。おかしくてたまらない様子で、目尻を指でぬぐう。

「砂鉄と三月さん、伊織さんの三人だと、驚いたことに君が一番の常識人になってしまう！」

「驚いたことに、って何だよ」

一応そう突っ込みは入れたが、そのメンバーだと砂鉄しか牽制《けんせい》役がいないのは確かだ。女と見れば反射で愛想を振りまく三月と、息をするように女をたらし込む伊織。しかも伊織にいたっては美貌のせいで同性からも目をつけられやすいと聞いている。どう考えても七百年の間に三月と伊織で痴情《ちじょう》のもつれトラブルを起こしまくり、砂鉄が額に青筋を立てて怒る構図になるのだ。想像しただけでうんざりする。

ひとしきり笑った後、ユースタスはじっと砂鉄の顔を見上げた。

「何だ」

「ありがとう」

彼女の瞳には星がある。

それは時に小さな火となる。砂鉄への恋心がそうさせるのだと、何年経《た》っても君にまた惚れ直すと、彼女はいつかそう言った。

「私にはとても、砂鉄のいない七百年を過ごすことは出来ない。君に辛い選択をさせてしまったと思う」

「永遠の別れじゃねえだろ。戦闘力の強い方が残るのが当たり前の選択だ。月氏《げっし》で二鎖やってた俺とお坊ちゃん騎士団だったお前、どっちが生き残れると思う」

それに、単に戦闘力だけの問題ではない。

ユースタスは女だ。それも、美しい女だ。

彼女を欲しがる男など、世界中にいくらでもいる。砂鉄としては、ユースタスを残らせる方がよほど心配でたまらない。

「それに万が一、お前と三月、伊織が残ることになってみろ。俺はあのクソたらし野郎どもとお前が三人で旅する姿なんて、考えるだけでゾッとするぞ。狼《おおかみ》サンドイッチじゃねえか」

ユースタスはフフッと笑った。

「酷《ひど》い言いようだ」

「お前がどこで樹になって眠るにしろ、三月か夏草のどっちかと錆丸と、出来れば三本セットになってくれ。保存しやすい」

「努力してみる。眠りにつく直前に話し合っておけばよい。――そして」

彼女は懐《ふところ》から封筒を取りだした。

暗くてよく見えないが、『砂鉄へ』と書いてある。

「何だこれは」

「き、君へのラブレターだ」

「ラブレター?」

今さらか、という思いを込めて、無言で片眉を上げると、彼女は照れたように咳払《せきばら》いをした。

「私だって、君と七百年離れているのは心配なのだ。他の女性に目移りするのではないかと心配で」

「ばあか、しねえよ」

これ以上の女がいるものか。何百年さまよおうと、世界の全てを見ようと、自分にとって彼女以外の女などあり得ない。

だがユースタスは真剣な顔で言った。

「私の想いをこめて手紙を書いてみた。一生懸命に考えたから、百年後でも二百年後でもいつでもいいから、私の顔を忘れそうになった時に読んで欲しい」

「へえ」

言うなり砂鉄は封筒を破いた。

「えっ」

ユースタスが目を見開く。

「い、今読むのか⁉」

「いつ読んでもいいって言ったろ、たった今」

「ちょ、ちょっと待ってくれ、君が私の顔を忘れそうになったらという話だ、目の前でラブレターを読まれては――」

砂鉄の手から手紙を取り返そうとする彼女を片腕で抱き込み、じたばたするのを押さえ込みながら、便せんを取り出した。街の灯《あか》りがある方角へと向け、目を近づけて読む。書かれていたのはたった一行だ。

「君はかっこいいな。――何だこりゃ」

本当に、便せんの真ん中にたった一言、そう書かれていただけだった。ついさっき彼女は、一生懸命に考えて手紙を書いたと言っていなかったか？

ユースタスはまだじたばたしながら言った。

「思ったことを書いたまでだ！」

「まあ……あんがとよ」

「とある男性が初恋の女性に送った手紙の話を聞いて、それがとても素敵だったから、だから」十三年も思い続けた年上の女性に宛てたラブレターで、書いてあった文章はたった一言、「あなたは美しい。」だったらしい。その話を聞いたユースタスは、何とロマンティックなのだろうと感動した。

その、『とある男性』が誰かはユースタスは言わなかった。彼はもう死んだそうだが、プライベートなことだから、と生真面目《きまじめ》な彼女はキリッとした顔になる。砂鉄は肩をすくめた。

「で、その手紙をパクったのか、お前は」

「パク——ただ素敵だと思ったから真似しただけで。君に対する私の素直な気持ちなのだ！」

腕の中で身をよじらせるユースタスを解放してやると、彼女は夜目《よめ》にも分かるほど赤くなっていた。照れと怒りでうっすら涙目にさえなっている。

「分かった分かった、まあ褒《ほ》められたと受け取っておくぜ」

「どうして今読んだのだ、恥ずかしいではないか！」

どん、と胸をこぶしで叩かれた。どうも本気で憤《いきどお》っているらしい。

砂鉄は彼女の後頭部を撫で、薄く笑った。

「七百年、大事に持っておくさ、この手紙」

「私のいないところで読んで欲しかったのに」

いつまでもグズグズ言うので、砂鉄は笑って彼女にキスをした。ようやく黙り込む。

長いキスをしながら、ここ最近、毎日考えていることが頭に浮かんだ。

金星特急の旅の最後で、金星は錆丸に「自らを刺せ」と頼んだ。

人間と女神の恋は許されない、だから愛する男の手で死にたい。彼女はそう言った。

あの時、錆丸が金星を殺さなければ、砂鉄もユースタスも樹に変えられていた。金星特急の旅で生き残った他の全ての花婿《はなむこ》候補もだ。

錆丸は苦悩し、泣きながら金星を殺した。

愛する女を殺さなければ、何人もが死んでしまう。自ら死を願うたった一人と、ずっと旅を続けてきた何人もの仲間の命を天秤《てんびん》にかけ、錆丸は後者を選んだのだ。優しすぎる彼にとって残酷な選択だっただろう。

結果、花婿候補たちだけでなく、それまで樹にされてきた何百人もが蘇《よみがえ》った。錆丸が金星を殺した「英雄」になったことで、たくさんの命が救われたのだ。

だが、もし砂鉄が錆丸の立場だったら。

ユースタスが、私を殺せば何人もの命が助かる、砂鉄、頼むから殺してくれと必死に頼んだら。

——自分は必ず、ユースタス一人を選ぶ。

何百人どころではない、世界中の人間が樹に変えられようが、ユースタス以外、自分はいらない。

錆丸も、桜も、三月も夏草も伊織も、これまで出会った全ての人間も。彼らを殺すことになろうと砂鉄はユースタスを選ぶだろう。

世界中の人間が樹に変えられ、鬱蒼《うっそう》とした森の中で、ユースタスは絶望に泣くだろう。優しい彼女に、何十億もの命と引き換えに自分と砂鉄だけが生き残る世界など耐えられない。

本当にユースタスを愛しているのなら、彼女の願いを叶えるべきだ。彼女のいない世界で砂鉄だけが生き残り、喪失感《そうしつかん》にさいなまれる。そうすべきなのだろう。

だが、砂鉄は何度考えても、自分がその選択をするとは思えないのだ。錆丸のようにはなれない。

世界が終わる日まで自分は、ユースタスと二人で生きていく。

最愛の女に絶望の瞳を向けられながらも、この腕の中の彼女を、失いたくない。

あとがき

嬉野君

こんにちは、または初めまして嬉野君です。何と、「金星特急」本篇完結から八年を経《へ》て続篇を連載させて頂くことになりました。自分が一番ビックリしております。

皆様が送って下さる感想や励《はげ》ましのお便りのおかげでこれまでも外伝、番外篇など掲載させて頂いておりましたが、とうとう金星の主人公・錆丸《さびまる》の娘を軸《じく》に据《す》えた「竜血《りゅうけつ》の娘」連載開始の運びとなりました。何度も言うけど一番驚いてるのたぶん作者本人だからね！

続篇が決定した時、めちゃめちゃ緊張しながら金星特急の七百年後の世界で冒険というプロットを出したのですが、「いや読者様は金星続篇って聞いたら絶対、横浜でキャッキャ楽しくＪＫやってる桜《さくら》とか、彼女を取り巻く大人たちワイワイのお話想像してるよね？　これ大丈夫？」と不安になり、担当さんに「あの、『女子高生探偵さくら！』みたいなコメディとかも一応考えてるんですが……」と切り出したところ、「前者の冒険プロットで行きましょう」とゴーサインが出たのです。ＪＫ探偵さくらは、そのうちペーパーとかでやるかもしれません。

さて、1巻発売にあたりツイッターで「後書きのネタ欲しいので質問あったらどうぞ」と呼びかけたところ、有りがたいことに多数頂きました。しかし、今回よりによってページの都合で後書き2Pなので質問二つしか入らなかった……他は次巻以降お答えさせて頂きます！

○桜の髪型はどうなってるの？　↓　私、初稿では桜の髪につけてるの「カチューシャ」って書いてたんですが、これに蜥蜴《とかげ》が留まるって結構難しいよな……と我ながら迷ってたら、高山《たかやま》先生より「バックカチューシャはどうですか？」とご提案が。画像検索してみてね！

○三月《さんがつ》はなぜ「夏草《なつくさ》」「夏草ちゃん」と二通りの呼び方をするの？　↓　大体ですが、夏草と二人きりの時は普通に「夏草」、周りに誰かいる時は「夏草ちゃん」と呼んで無意識に仲良しアピールしてます。メンタルが小学生女児《じょじ》な白の二鎖《にさ》、傭兵《ようへい》です！

そして、続篇にも素晴らしいイラストを描いて下さっている高山しのぶ先生には感謝しかありません。表紙を見てくれこの美しさ細かさ。輝いてる……自分が作ったキャラが高山先生の手により二次元になって輝いている！　新キャラ蜜蜂《みつばち》も、本文ではそんなに詳しく描写してないのにすんごい美しいの来ましたからね。これからも私は、高山先生のイラストを鼻先のニンジンとして頑張って小説を書いていく所存です。

最後に、続篇を書きませんかと勧めて下さった編集部の方々、担当様、そして誰よりも何年経《た》ってもずーっと応援し続けて下さった読者様に精一杯の感謝を。桜の冒険がどこまで続くか分かりませんが、また皆様と一緒に旅が出来たらと願っています！

嬉野君

続
金星特急

続
金星特急
第二話
砂ユスファさう皆様は
心して読んで下さい

WINGS・NOVEL

【初出一覧】
珊瑚の道を星と行け：小説Wings '20年春号（No.107）掲載
猫とラム酒と帆船と：小説Wings '20年夏号（No.108）掲載
世界が終わる日に：書き下ろし

この本を読んでのご意見、ご感想などをお寄せください。
嬉野 君先生・高山しのぶ先生へのはげましのおたよりもお待ちしております。
〒113-0024　東京都文京区西片2-19-18　新書館
[ご意見・ご感想] 小説Wings編集部「続・金星特急　竜血の娘①」係
[はげましのおたより] 小説Wings編集部気付○○先生

続・金星特急　竜血の娘①

著者：嬉野 君 ©Kimi URESHINO
初版発行：2021年3月25日発行

発行所：株式会社 新書館
[編集] 〒113-0024　東京都文京区西片2-19-18　電話 03-3811-2631
[営業] 〒174-0043　東京都板橋区坂下1-22-14　電話 03-5970-3840
[URL] https://www.shinshokan.co.jp/

印刷・製本：加藤文明社

ISBN978-4-403-54228-2 Printed in Japan

SHINSHOKAN

「誰だ、君は」
七百年ぶりに目覚めたユースタスは、
恋人の砂鉄《さてつ》のことだけ忘れていて……？
桜《さくら》、アルちゃん、三月《さんがつ》、砂鉄、蜜蜂《みつばち》に
ユースタスが加わった一行は、
次なる目的地・夏草《なつくさ》の眠る東北東を目指す——!!
続・金星特急
竜血《りゅうけつ》の娘
嬉野 君
Novel Kimi URESHINO
高山しのぶ
Illustration Shinobu TAKAYAMA
文庫第2巻、2021年秋発売予定!!
ウィングス文庫 / SHINSHOKAN